"Personne ne m'a jamais embrassée."

"Ah," répondit doucement Luigi. "Nous allons y remédier…"

Les yeux noirs se rapprochèrent et les lèvres dures se posèrent sur celles de Dominique, ne s'y attardant que l'espace d'une seconde. Mais déjà le cœur de la jeune fille s'emballait…

Quand il la lâcha enfin, elle vacilla et se raccrocha à lui, tremblante de confusion.

"Se plaindre auprès d'un homme de ne jamais avoir connu d'étreinte masculine équivaut à une provocation !" taquina Luigi.

Rouge de confusion, Dominique répliqua sèchement, "Je ne voulais pas que vous m'embrassiez ! Cet aveu m'a échappé !"

"Comme toute remarque freudienne, n'est-ce pas… ?"

PRIERE
A L'AMOUR

Violet Winspear

Collection Harlequin

PARIS · MONTREAL · NEW YORK · TORONTO

Publié en juin 1984

ISBN 0-373-49404-1

Dépôt légal 2e trimestre 1984
Bibliothèque nationale du Québec et Bibliothèque nationale
du Canada.

Imprimé au Québec, Canada—Printed in Canada

1

Dominique s'accouda au bastingage du paquebot qui glissait sur les eaux scintillantes.

Son regard rêveur était caché par des lunettes de soleil et ses cheveux blonds noués sur la nuque en un strict chignon. Les mains de la jeune fille caressaient distraitement la rambarde lisse et brûlante.

Quelles merveilleuses vacances elle aurait pu passer à San Sabina, paradis enchanteur, jouissant d'un climat exceptionnel, promesse de plaisir et de détente !

Dominique soupira tristement, enviant l'excitation joyeuse de ses compagnons de voyage. Les plus jeunes vantaient avec une puérile exaltation la douceur permanente de la température et la beauté de la côte qui se découpait à l'horizon : harmonie des plages aux courbes gracieuses, piquetées çà et là de rochers sombres aux formes déchiquetées. En arrière-plan, on devinait d'élégantes réalisations architecturales qui achevaient de donner à cette station balnéaire tout son charme.

Deux années s'étaient écoulées depuis que Candice, la sœur de Dominique, avait rejoint cette région pour devenir l'épouse d'Antonio Romanos. Elle avait rencontré et conquis ce sympathique danseur professionnel à la discothèque du *Claridge*... N'avait-elle pas elle-même adoré danser depuis toujours ?

Mais Dominique venait de recevoir une lettre du frère

de Tony annonçant que Candice était clouée, paralysée, dans l'aile que le jeune ménage occupait dans la propriété des Romanos. Don Luigi lui avait précisé que Candice était malheureuse et avait besoin d'elle.

Pour Dominique, cette nouvelle était difficilement crédible. Candice n'avait-elle pas toujours été une enfant pleine de vie, curieuse de goûter à tous les plaisirs offerts ? Et Tony, qui n'avait rien à envier à la beauté et à la vitalité de sa fiancée n'avait pas eu trop de mal à convaincre Don Luigi d'accepter son mariage avec Candice.

Celui-ci avait néanmoins exigé que le couple revienne à San Sabina pour célébrer leur union. A cette époque, Dominique avait été retenue par ses examens de fin d'études de puéricultrice et n'avait pu assister à la cérémonie. Cependant, elle connaissait Tony et avait eu l'intuition qu'il rendrait Candice heureuse. Elle leur avait témoigné à tous deux de tendres vœux de bonheur et s'était concentrée avec satisfaction sur son travail, consciente que toutes deux venaient d'amorcer un tournant de leur existence.

Et maintenant... deux années plus tard, cette stupéfiante et terrifiante missive : Candice avait perdu l'usage de ses jambes, ses longues et gracieuses jambes fuselées, faites pour la danse !...

Bien qu'elle crût avec toute l'ardeur de son affection que rien de définitif n'était arrivé à sa sœur, Dominique pressentait que Don Luigi n'aurait pas réclamé sa présence de façon aussi impérative sans raison sérieuse.

« Venez de suite, Candice souffre d'une paralysie des membres inférieurs et a besoin de vous. Je vous expliquerai tout dès votre arrivée à San Sabina. » Ainsi était formulé l'ordre concis et sans détour qu'elle avait reçu de lui.

Un sentiment d'appréhension assombrit son visage trop mince. Elle n'avait jamais rencontré le frère aîné de Tony mais, dans une de ses lettres, Candice l'avait décrit

6

comme un homme distant, uniquement préoccupé par ses affaires depuis que la mort lui avait enlevé la jeune fille qu'il souhaitait épouser. Il fuyait la compagnie des femmes et employait toute son énergie au rendement des terres et des vignes qu'il exploitait.

La façon dont Candice avait dépeint son beau-frère inquiétait Dominique. Comment serait-elle accueillie par Don Luigi ? A l'époque du mariage de sa sœur, n'avait-elle pas ressenti une certaine réticence de sa part ? Peut-être aurait-il souhaité pour son jeune frère une alliance avec une famille italienne et désapprouvé le choix de ce dernier...

Le soleil brûlant frappait les traits tirés de la jeune fille qui n'en avait cure, trop absorbée par ses réflexions. Tony était un garçon plein de charme et elle comprenait parfaitement que Candice fût tombée amoureuse de lui, mais son aîné n'était-il pas une sorte de tyran ? Dominique s'en voulait d'éprouver envers cet inconnu un préjugé défavorable. Peut-être avait-il enseveli tout sentiment avec le corps de la femme qu'il aimait et voyait-il avec amertume le bonheur des autres ?

Anxieuse et tenaillée par le désir d'être aux côtés de sa sœur, Dominique débarqua au milieu de la foule joyeuse. L'atmosphère chaleureuse de San Sabina n'avait aucun effet sur elle. Pourtant elle eut le souffle coupé devant la luminosité du ciel et fut enivrée par l'odeur des citronniers qui émanait des jardins entourés de clôtures blanches. Elle se prêta avec automatisme aux formalités de police, inconsciente des regards curieux que sa situation de femme seule provoquait.

— La « signorina » est-elle déjà venue à San Sabina ?

Dominique sortit de sa rêverie. Un douanier italien l'observait avec intérêt. L'image de sa sœur lui traversa l'esprit. Elle imagina alors la lueur d'admiration brillant dans les yeux de l'homme devant la beauté de Candice.

— Non, c'est la première fois que je viens ici, lui répondit-elle dans un excellent italien.

En effet, lorsque Candice avait épousé Tony Romanos, Dominique avait décidé d'étudier cette langue.

— Je crois qu'un domestique de la maison des Romanos doit m'attendre, poursuivit-elle.

— Mademoiselle est donc une invitée de Don Luigi ?

Le regard de l'homme glissa sur le simple tailleur gris tourterelle de la jeune fille.

— Habite-t-il loin d'ici ? s'enquit-elle.

— Quelques kilomètres à l'intérieur des terres.

Dominique nota un subtil changement dans le ton du douanier, comme si le fait de mentionner le nom des Romanos la plaçait au rang des personnes à traiter avec un certain respect.

— Connaissez-vous la famille Romanos ? demanda-t-elle avec curiosité.

— Comme tout le monde ici, à San Sabina.

Il lui rendit son passeport, avec une politesse un peu guindée.

— Je vous souhaite un excellent séjour, mademoiselle.

— Merci.

Hélas, sa visite n'aurait sûrement pas un caractère très agréable ! Le cœur lourd, elle s'éloigna du quai de débarquement, cherchant des yeux un chauffeur en uniforme.

Malgré elle, une idée fugitive lui traversa l'esprit : si Candice s'était trouvée là, à sa place, combien de jeunes gens ne se seraient-ils pas déjà offerts à l'aider ? Elle sourit tristement. Contrairement à elle, sa sœur n'avait jamais manqué d'attentions masculines.

Chacun de ses compagnons de voyage avait rejoint des amis ou gagné voitures ou bus... Quand Dominique se sentit observée, à quelques mètres de là, par un homme de haute taille, à l'abondante chevelure noire, un frisson la parcourut... Ces yeux brillants eurent l'éclat et la dureté du diamant quand ils captèrent son regard.

La jeune fille tenta d'échapper à cette irritante et curieuse fascination. L'homme n'était pas en uniforme et ne venait donc pas de la maison des Romanos. Elle se détourna de lui avec détermination mais, très vite, ressentit sa présence à ses côtés. Habituellement, Dominique était une jeune fille calme, mais à cet instant, chaque fibre de son corps se tendit à l'extrême. Quelle désagréable sensation ! Craignant qu'il ne pose la main sur elle, elle fit volte-face et le toisa.

— Que désirez-vous ? demanda-t-elle en anglais.

Instinctivement, elle retrouvait sa langue maternelle.

— Je suppose que vous...

— Comment osez-vous... laissez-moi !

De près, il lui sembla encore plus grand et elle s'éloigna de quelques pas.

— Je suis une amie des Romanos et Don Luigi n'apprécierait pas les procédés d'un homme comme vous, attaqua-t-elle.

— A votre avis, quel type d'homme suis-je donc ?

Son regard scrutateur examinait avec attention chaque trait de son visage.

— Vous appartenez à la race des loups, rétorqua-t-elle, en rougissant de son audace. Celle pour qui chaque femme devient une proie. Si vous voulez de l'argent, vous faites fausse route. Je vous conseille de passer votre chemin avant que le chauffeur des Romanos ne vienne mettre un terme à votre belle insolence !

— Croyez-vous qu'un simple domestique me ferait trembler ? s'enquît-il d'un ton railleur. Je ne reçois d'ordre de personne et à plus forte raison d'une femme telle que vous.

— Telle que moi...

Les joues de Dominique s'enflammèrent sous l'insulte. Ne devinait-elle pas ce qu'il voulait dire, elle qui se sentait si peu séduisante ? Quel que soit le motif de ses avances, il n'avait certes pas été subjugué par son charme...

— Vous ignorez tout des hommes et de la vie, cela saute aux yeux.

— Quelle perspicacité ! siffla-t-elle.

— Soyez la bienvenue, mademoiselle, ironisa-t-il, le visage sarcastique. Comme vous êtes bizarres, vous les Anglaises, vous débarquez sur nos plages revêtues de votre seule huile solaire et vous vous comportez comme si la reine Victoria vous dictait encore votre conduite...!

— Ah... vraiment ?

Dominique n'excellait pas dans ce genre de joute oratoire et l'adversaire était de taille !

— Et pour qui vous prenez-vous donc ? poursuivit-elle piteusement.

— Ne devinez-vous pas ? Pour un satyre qui guette les femmes solitaires, la singea-t-il avec humour.

— Exactement !

Elle le défiait, bien que décontenancée par son attitude moqueuse.

— Les femmes sont parfois excessives, n'est-ce pas ?

— Sans doute...

Agrippant la poignée de sa valise, Dominique esquissa un mouvement de repli, souhaitant ardemment l'arrivée du chauffeur qui la sauverait de cette déplaisante situation.

— Mademoiselle Davis, je pense que la plaisanterie a assez duré.

Interloquée, Dominique s'immobilisa puis, prenant une profonde inspiration, se tourna lentement vers l'homme qu'elle étudia avec soin. Les contours arrogants du nez et de la bouche, le menton énergique, la coupe impeccable du costume gris qu'éclairait une chemise claire rehaussée d'une cravate lie-de-vin... Elle se rendit compte alors qu'il s'adressait à elle dans un anglais très correct, teinté d'un léger accent exotique. Un soupçon lui traversa l'esprit.

— Mais qui êtes-vous ! s'exclama-t-elle.

— Don Luigi Romanos, se présenta-t-il avec morgue. Et vous êtes la sœur de Candice. La ressemblance n'est pas flagrante, même la couleur des yeux est différente, ajouta-t-il.

— Nous sommes en effet dissemblables, mais néanmoins sœurs, soyez-en persuadé.

Ainsi, comme toujours, l'étonnement était identique. Pourquoi Candice était-elle si jolie et Dominique si effacée ?

— Ma sœur... parlez-moi d'elle, je vous en conjure.

— Vous êtes inquiète à son sujet, c'est naturel.

— Je suis terriblement anxieuse, qu'est-il arrivé exactement ?

— Allons à la voiture, je vous raconterai tout pendant le trajet.

— Pourquoi est-elle chez vous et non à l'hôpital ? insista-t-elle.

— Venez, lui intima-t-il.

Il attrapa sa valise et lui prit le bras.

— Je suis garé au coin de la rue.

La jeune fille n'avait pas le choix. Elle se laissa conduire vers un coupé métallisé, manifestement conçu pour la vitesse. Les sièges bas étaient confortables et il régnait une légère odeur de cigare. Un bolide racé qui s'harmonisait parfaitement avec le style de son propriétaire.

Ignorait-elle que certains personnages portent en eux la marque de leur naissance ? Elle tressaillit de honte au souvenir des accusations qu'elle avait portées contre lui !

Très vite, ils quittèrent la ville et roulèrent le long d'une route étroite, serpentant à flanc d'une montagne escarpée dont les sommets semblaient atteindre le ciel d'un bleu céruléen.

Jamais Candice n'avait décrit San Sabina, se contentant de dire que la région était pittoresque. Dominique découvrait un pays d'une sauvage beauté. Ils dominaient un à-pic vertigineux, où l'on distinguait le flux et le reflux de l'océan léchant inexorablement les énormes rochers émergeant du sable blanc. C'était un spectacle fascinant qui, à un autre moment, aurait enthousiasmé la jeune fille. Mais maintenant, ses pensées étaient entièrement tournées vers sa sœur. C'est avec une impatience inquiète qu'elle attendait les explications de Don Luigi.

. — Je pense que ce fut un choc pour vous, mademoiselle Davis, d'apprendre si brutalement l'état de Candice ?

Bien que réservée, la voix de l'homme laissait transparaître une légère émotion.

— J'ai été profondément bouleversée, acquiesça-t-elle.

— Plus la dragée est amère, plus vite il faut l'avaler !

— Sans doute, mais elle ne passe pas facilement, d'autant que ma sœur était en parfaite santé.

— Ne vous a-t-elle pas écrit pour vous mettre au courant de sa mésaventure ?

— Mésaventure ?

Dominique eut un haut-le-corps.

— Le terme me semble un peu faible, pour quelqu'un qui perd l'usage de ses jambes ! rectifia-t-elle sèchement.

— N'aviez-vous aucune idée de ce qui s'était passé avant de recevoir mon mot ?

— Aucune. La dernière fois que j'ai vu Candice, elle était en pleine forme. Elle est toute ma famille et j'ai toujours pris soin d'elle, même à présent qu'elle vit en Italie et que nous ne nous voyons plus.

— De tempérament latin, je suis très sensible à l'amour fraternel. Peut-être en est-il de même pour vous ?

— Tout à fait. Notre apparente froideur cache un attachement profond... tout au moins, de ma part.

— Merci d'avoir répondu si vite à mon appel. Votre

sœur a épuisé la patience de cinq infirmières et je souhaite vivement que vous ayez plus de chance.

— Désirez-vous donc que je reste à ses côtés pour m'occuper d'elle ?

— Est-ce possible ?

— J'avais un projet que j'ai annulé pour accourir près d'elle... cinq infirmières, dites-vous ?

— Cinq, confirma-t-il laconiquement.

— Je ne comprends pas. Candice est une jeune femme de caractère facile.

— Ce n'est plus le cas.

Il ralentit pour négocier un virage.

— Elle vocifère contre son mari qu'elle accuse d'être responsable de son état, poursuivit-il avec la même impassibilité.

— Mon Dieu, mais c'est insensé !

Fixant intensément le profil énergique de son compagnon, Dominique y découvrit la marque d'une certaine intransigeance.

— Candice s'est imaginé que mon frère l'avait trahie. C'est ce qui est à l'origine de ce drame. Ils ont eu une violente dispute sur la terrasse de la villa. Tony venait de lui offrir un collier de perles fines et votre sœur lui reprocha de lui faire ce présent pour soulager sa conscience. Elle le frappa sauvagement à l'aide du bijou dont le fermoir le blessa à la lèvre. Le tempérament fougueux de Tony le poussa à riposter et, en voulant l'éviter, Candice a reculé, trébuché et est tombée le long de l'escalier de pierre. Elle a perdu connaissance et a été transportée à l'hôpital.

— Pourquoi n'ai-je pas été informée de tout cela ? protesta Dominique avec colère. J'étais en droit de le savoir... !

— Ses blessures n'étaient pas sérieuses. Elle souffrait de contusions et d'une légère commotion lorsque sa tête heurta les marches et, vingt-quatre heures plus tard, elle quittait la clinique. Je décidai donc...

— Vous décidiez ? N'était-ce pas à Tony ? s'étonnat-elle.

— Mon frère était très bouleversé par l'accident. J'ai discuté avec lui de l'opportunité de vous prévenir, mais votre sœur se remettait rapidement et il nous sembla inutile de vous arracher à votre travail. Je vous l'affirme, Dominique, Candice présentait tous les symptômes d'une prompte guérison... jusqu'au jour où elle voulut quitter son lit et... s'évanouit. L'un de nos meilleurs spécialistes fut appelé à son chevet. Il l'examina avec la plus grande rigueur et parvint à la conclusion que les troubles dont elle souffrait étaient d'origine psychologique et non physique.

Dominique le regarda avec stupéfaction. Elle nota qu'il l'avait appelée par son prénom.

— Insinueriez-vous que la paralysie de Candice est provoquée par une tendance hystérique ?

— Ce n'est pas une suggestion, c'est une réalité, poursuivit-il, implacable. Ses jambes sont inertes car elle a décidé de jouer les martyres.

— Ne dites pas une chose pareille ! explosa-t-elle.

Comment assimiler sa douce et ravissante sœur au charme indéniable à la personne dont parlait Don Luigi ?

— Voulez-vous me faire croire que le but de Candice est que Tony se sente coupable ?

— **Exactement, admit-il sans hésiter.** Elle souhaite le punir et son désir est si intense qu'il se manifeste par une incapacité de marcher. Leur amour de la danse les a rapprochés et fut la cause de leur mutuelle admiration, n'est-ce pas ? Elle le châtie donc en perdant cette faculté. A chaque fois qu'ils sont ensemble, elle l'accuse de son invalidité et naturellement, il est rongé de remords.

— Ses griefs sont-ils justifiés ?

— Je ne crois pas.

— En êtes-vous sûr ? insista-t-elle.

14

— Avant de connaître votre sœur, mon frère était un peu volage, mais à présent, je puis vous affirmer qu'il lui est fidèle.

— Candice n'a sans doute pas les mêmes certitudes. La preuve en est cette violente dispute qui l'a jetée en bas de ces escaliers de malheur, la pauvre chérie... !

— C'est votre point de vue, Dominique. Mais qu'en est-il de Tony ? Il est à bout d'arguments et ne sait plus comment se comporter avec elle pour mettre un terme à cette situation.

— Peut-être est-il coupable ? rétorqua Dominique. Il est votre frère et c'est normal que vous le défendiez. Mais, avez-vous jamais approuvé totalement cette union ? N'espériez-vous pas choisir vous-même la femme de Tony ?

— C'est exact, mais si j'ai émis quelques réserves au sujet de ce mariage, c'était uniquement parce que je trouvais Tony affectivement immature.

— Ce n'est pas l'impression qu'il m'a donnée, objecta Dominique.

— Comment une fille comme vous peut-elle apprécier ce genre de chose ?

— Il avait du charme et des bonnes manières, murmura-t-elle en rougissant. Je ne peux pas en dire autant de vous.

— Je suis désolé.

Dominique se mordit les lèvres. C'était contraire à tous ses principes de juger hâtivement son entourage, mais cet homme avait sur elle un effet désastreux. N'était-elle pas sur le point de se quereller avec lui, tandis que la malheureuse Candice reposait sur sa couche en proie à l'adversité ? Etait-il possible que sa sœur se soit ainsi retirée dans sa coquille et qu'elle joue l'invalide pour punir Tony d'une faute réelle ou imaginaire ?

— Le médecin est-il certain que l'état de Candy n'est

15

pas dû à une lésion de la colonne vertébrale ? questionna-t-elle avec anxiété.

— Les examens sont formels. Les radios n'ont rien révélé susceptible de provoquer cette paralysie. Si Candice a effectivement perdu l'usage de ses jambes, l'explication est d'ordre purement psychologique. Aussi pénible que cela soit à entendre, il ne faut pas se cacher la vérité, conclut-il sèchement.

— J'ai encore la faculté de voir les choses en face, se défendit Dominique. Mon métier d'infirmière m'a confrontée avec des problèmes de toutes sortes.

— Néanmoins, le fait qu'il s'agisse de votre sœur est difficile à supporter, n'est-ce pas ?

— Oui, soupira-t-elle. Jamais je n'aurais imaginé Candice dans cette situation. Elle, si gaie, si insouciante et qui se moquait gentiment de mon côté sérieux...

— Certes, le célibat n'aurait pas convenu à Candice, fit-il d'un air songeur.

Il parlait de la manière étrange d'un homme qui connaît les femmes et lit en elles comme dans un livre ouvert. Inquiète, Dominique garda le silence. Elle se souvint du rayonnement fiévreux qui avait envahi Candice lors de sa première rencontre avec Tony. Il était devenu son unique sujet d'intérêt, le centre de sa vie.

— C'est vrai que Candice adorait votre frère, murmura-t-elle gravement. Je crois qu'elle l'a aimé dès la première fois qu'ils ont dansé ensemble.

— Vous en parlez comme si vous doutiez qu'une telle chose puisse arriver, observa-t-il en la regardant.

— Je l'ignore, j'ai d'autres sujets de préoccupation.

— Qui vous semblent plus importants, n'est-ce pas ? s'enquit-il avec ironie.

— C'est mon point de vue, il n'engage que moi, riposta-t-elle.

— C'est votre droit. Votre sœur est différente bien que vous soyez de la même chair.

16

— Contrairement à moi, Candice n'a jamais jugé utile d'entreprendre une carrière.

— Considérez-vous qu'un métier préserve la femme de l'emprise d'un homme ?

— Telle n'est pas ma motivation.

— Qu'elle est-elle alors ?

— J'ai trouvé un but à mon existence.

Dominique était consciente du caractère désuet de ses propos, mais elle était fière de ses aspirations.

— Ma sœur est si séduisante. Elle aimait profiter de la vie. Je ne l'ai jamais condamnée, nous étions différentes, c'est tout.

— L'amour était son seul objectif ?

— Il semblerait, oui.

— Et le vôtre est d'aider les malades ?

— Mon travail représente beaucoup pour moi.

— Admirable ! murmura-t-il. Et pour lui, vous éliminez tous les plaisirs de la vie...

— J'ai choisi de servir ceux qui ont besoin de moi.

— En laissant de côté les rêveries romantiques des autres femmes ?

— Ce... ce n'est pas dans mon tempérament.

— Non ? Vos yeux le démentent pourtant.

— Que... que voulez-vous dire ?

— Ils ont la couleur des ailes d'un pigeon qui prend son envol sous le regard d'un homme. Craignez-vous que l'on puisse y découvrir votre âme ?

— Au travers des verres de lunette ? ironisa-t-elle. Souhaitez-vous sérieusement que je soigne Candice ? poursuivit-elle vivement.

— Vous êtes une infirmière expérimentée. C'est une patiente difficile, je vous le répète. Cinq infirmières se sont épuisées à son chevet. J'espère qu'elle vous permettra de vous occuper d'elle !

Elle jeta un bref coup d'œil sur son profil romain, semblable à ceux que l'on peut admirer sur des pièces en

17

bronze mais qui, certes, n'était pas celui d'un individu au caractère facile.

— Si votre sœur s'obstine dans son obsession, poursuivit-il impitoyablement, je la placerai dans un endroit spécialisé dans ce genre de maladie. Sans doute, ma détermination vous choque-t-elle mais, croyez-moi, ne suis pas homme à reculer, menaça-t-il.

— J'en suis certaine, Don Luigi, mais Candice est l'épouse de votre frère. Ni lui ni moi ne permettrons jamais cela ! protesta-t-elle avec l'énergie du désespoir.

— La patience d'un homme a des limites, même vis-à-vis de sa femme. Si votre sœur continue à vitupérer et à tempêter contre Tony à chaque fois qu'il pénètre dans sa chambre ou à se laisser aller à ses sempiternelles crises de larmes, ce dernier me sera reconnaissant si je la jette dans le Tibre. Me suis-je bien fait comprendre ?

— C'est très clair, lui assura Dominique. Mais ne vous vient-il pas à l'esprit que Candice est une jeune femme très vulnérable ? Si elle croyait avoir perdu Tony avant son accident, quel doit être son état mental à présent qu'elle n'a plus l'usage de ses jambes ? Vous en parlez comme si une bonne fessée pouvait arranger les choses !

— Sans doute, admit-il, mais ses lamentations n'arrangent rien, bien au contraire.

— Ne seriez-vous pas désespéré vous-même, Don Luigi, si vous vous imaginiez paralysé ?

— On a dit et répété à votre sœur qu'elle ne souffrait d'aucune affection grave. Les radios lui ont été expliquées en long et en large, mais rien ne semble ébranler sa conviction qui est devenue une idée fixe.

« Pauvre Candy ! » L'appréhension nouait ses doigts glacés autour du cœur de Dominique. Quelle terrible épreuve pour une jeune femme que rien ne prédestinait aux maladies nerveuses !

N'avait-elle pas idéalisé la tendresse de Tony et tant

18

attendu de lui que le moindre sourire à une autre femme lui semblait une trahison ?

Les excès de l'amour qui avaient réduit Candice à une forme d'esclavage, restaient un mystère pour Dominique. Comment une femme pouvait-elle être absorbée corps et âme par un homme ? Cela lui semblait être aussi incroyable que de donner tous les cadeaux de Noël à un seul enfant au lieu de faire la joie d'un plus grand nombre.

Quel dangereux sentiment que celui qui transformait une fille pleine de vie et d'énergie en une malade névrotique !

— Je suis désolé, Dominique, que votre visite à San Sabina se déroule sous de si mauvais auspices, observat-il avec un peu plus d'humanité.

— Moi aussi, soyez-en sûr.

Le regard de Dominique s'assombrit.

— Sommes-nous encore loin de la villa, demandat-elle d'une voix lasse.

— Nous sommes presque arrivés.

Elle était à la fois soulagée et anxieuse de revoir sa sœur. Que de temps s'était écoulé depuis leur séparation ! Elles s'écrivaient de temps à autre et le couple était venu, en voyage éclair, pour les dernières fêtes de Noël. A l'époque, Candice semblait en pleine forme, gaie et rayonnante, d'une élégance raffinée dans son manteau de fourrure. Elle s'accrochait au bras de Tony et lui prenait la main comme s'ils étaient encore en pleine lune de miel. Ils avaient emmené Dominique déjeuner au Claridge et, apparemment, aucun nuage n'obscurcissait leur horizon.

Qu'avait-il bien pu se passer ? Tony s'était-il réellement rendu coupable d'une trahison ou quelqu'un en voulait-il à Candice au point d'inventer ce douloureux mensonge ?

— Comment Candy a-t-elle appris toutes ces histoires au sujet de Tony ? s'enquit-elle.

— Par des lettres anonymes. La première fois, elle la déchira. J'ai lu la seconde, mais votre sœur refusa de croire que les détails qu'elle contenait n'étaient que le fruit d'une plume empoisonnée.

— Pourquoi, mais pourquoi donc ne voulait-elle pas être rassurée ?

Dominique ressentait un désespérant besoin de comprendre.

— Il doit bien y avoir une raison, insista-t-elle.

— Certes. Le message parlait d'une cicatrice dont Tony est affligé depuis peu de temps après son mariage. Comme vous le savez, ils passèrent leur voyage de noces aux Antilles. Un soir, ils furent invités à une « party » où l'on dansait le « limbo ». Connaissant la passion de mon frère pour la danse, vous ne serez pas surprise de son désir de se mesurer au champion local. Cet exercice consiste à se glisser au rythme d'une musique jamaïcaine sous une barre enflammée placée à peu de distance du sol. Rapidement mon frère tenta l'expérience... et brûla... la partie inférieure de son corps... me comprenez-vous ?

— Cela a dû être très douloureux !

Un léger sourire effleura les lèvres de Dominique.

— La cicatrice doit être visible lorsqu'il porte un maillot de bain ? demanda-t-elle.

— Tony déteste la mer, l'ignoriez-vous ? Enfant, il faillit se noyer lorsque nos parents périrent dans le naufrage du « Conte Toro » en Adriatique. A l'époque, j'étais en pension. Mais Tony, trop jeune pour l'école, les accompagnait avec sa « nounou ». C'est elle, Malina, que vous verrez à la villa, qui lui sauva la vie. Sachez qu'elle a son franc parler et qu'elle en use et abuse, mais en Italie, c'est le privilège des servantes dévouées.

— Et comment serai-je considérée sous votre toit, Don Luigi ? Comme une infirmière ou comme un membre de votre famille ?

— Que préférez-vous ? Répondez-moi sans détour.

— Je pense qu'il me sera plus facile de tenir mon rôle d'infirmière que celui de la belle-sœur de votre frère. Auquel cas, je ne désire ni partager vos repas, ni participer à quelque activité familiale que ce soit.

— Très bien, si tel est votre souhait, déclara-t-il simplement.

Quelques minutes plus tard, la voiture gravissait la pente qui menait à un immense portail s'ouvrant sur une immense demeure à l'architecture complexe.

— Nous voici à la villa Dolorita.

Une indéniable note de fierté perçait dans la voix de Don Luigi. Ils pénétrèrent dans la cour intérieure et Dominique eut le souffle coupé de saisissement.

Dans la flamboyance d'un soleil déclinant, la maison semblait coulée dans de l'or. Dominant la colline, elle étalait ses fondations, noble réminiscence de l'époque où les Médicis gouvernaient l'Italie et où les aventuriers, fortune faite, achetaient terres et pouvoirs pour eux-mêmes.

La villa de la famille Romanos était somptueuse. Il émanait de ses murs une étrange féerie qui subjuguait Dominique... un rêve assombri par la pensée de Candice confinée derrière cette lourde porte... Candice, incapable de marcher, de danser dans les bras du mari qu'elle avait peut-être trop aimé.

La jeune fille se glissa hors de la voiture avant que son compagnon n'ait eu le temps de lui offrir son aide.

— Quelle merveilleuse indépendance ! fit-il avec ironie.

Il l'observa un instant en silence, l'air narquois. Les rayons pourpres du soleil éclairaient son visage aux traits racés.

Son attitude fière évoquait pour Dominique la stature des conquérants romains pleins de force et d'exigence. Seule une ombre de mélancolie dans ses prunelles sombres adoucissait cette image.

— En effet, répliqua-t-elle. C'est un comportement indispensable à ma vocation.

— Ne vous sentez-vous jamais seule ? s'enquit-il d'une voix grave.

— Qui de nous ne l'est pas ?

— Je suppose, oui. Il y a quelque chose de triste dans cette certitude, n'est-ce pas ?

Son regard lointain se durcit et prit les reflets glacés d'un lac en hiver. A quoi songeait-il ? Peut-être à son jeune amour perdu à jamais ?

— Laissez-moi vous précéder, s'excusa-t-il. Venez voir votre sœur et essayez de ne pas montrer votre trouble. Je dois vous prévenir qu'elle a beaucoup changé.

Le pouls de Dominique s'accéléra à ces mots. Adroitement, elle évita le contact de sa main tandis qu'elle gravissait l'escalier à ses côtés.

2

La villa Dolorita était construite sur trois étages. Ses ouvertures avaient été aménagées avec le plus grand soin et les matériaux, tuiles et pierres, s'intégraient harmonieusement à l'environnement. Son architecture noble et élégante lui avait permis de traverser les années avec grâce. Dominique en perçut l'ineffable charme.

Elle monta au côté de Don Luigi les marches en mosaïque qui conduisaient à une terrasse d'où l'on découvrait le splendide et imprenable panorama de la mer et de la montagne.

— Là-bas, dit-il, s'étend la « baie d'argent ».

— La « baie d'argent », répéta-t-elle dans un murmure.

Un léger vertige la saisit lorsque son regard plongea dans l'aveuglante et mouvante lumière qui dansait sur l'eau.

— Celui qui a choisi un tel site devait être un poète ou un peintre, déclara-t-elle avec admiration.

— C'était un soldat.

Devant l'étonnement de la jeune fille, il sourit, amusé.

— Tout ceci est né de l'épée et des flammes et non de la plume ou du pinceau d'un artiste. Etes-vous déçue ?

Elle secoua la tête.

— Je n'en suis pas surprise.

— Parce que vous voyez en moi davantage un aventurier qu'un homme de lettres ?

Malgré elle, Dominique le dévisagea et le trouble déjà ressenti refit surface. Qu'il soit le frère de Tony ne diminuait en rien l'impression menaçante qui se dégageait de lui. C'était un homme dont les femmes ne devaient rien attendre. Lui accorder sa confiance équivalait à mettre imprudemment la main dans la cage d'un fauve.

De majestueuses potiches où s'épanouissaient plantes et fleurs entouraient la terrasse. Une large porte en forme d'arche menait à un grand salon un peu froid.

Don Luigi informa Dominique qu'une domestique la conduirait à sa chambre afin qu'elle puisse se rafraîchir avant de rencontrer Candice.

— Très bien, approuva-t-elle.

Le voyage avait été éprouvant et elle avait besoin de se recomposer un visage afin de mieux contrôler ses émotions lorsqu'elle serait en présence de sa sœur.

Une jeune servante répondit à l'appel de la sonnette et Dominique la suivit. Bien que meublée sans ostentation, la villa était aussi impressionnante à l'intérieur qu'à l'extérieur. Le bois des meubles anciens, méticuleusement entretenus, avait acquis la patine du temps. De lourdes draperies d'époque artistement restaurées s'harmonisaient avec les tons sourds des tapis à dominante rose.

Cette maison avait une âme. On y avait vécu plus qu'on ne l'avait habitée. Une longue lignée de Romanos en avait franchi le seuil au bras de leurs jeunes épouses et de nombreux pieds enfantins en avaient foulé le sol. Assises sur les sièges capitonnés de brocart, les femmes avaient conversé tandis qu'autour d'elles, les hommes fumaient des cigares en discutant des problèmes relatifs aux fermes et aux vignes.

Entre ces murs, on avait chuchoté et crié, aimé et haï, on avait vu le jour et l'on s'était éteint. Dominique ne percevait-elle pas mieux que quiconque cette vie familiale si riche et intense, elle qui en avait été privée ?

Sa mère était morte alors que Candice n'avait que quelques semaines et leur père, importateur de soie, ivoire et cuivre d'Extrême-Orient, était parti s'installer à Singapour avec ses filles. Malheureusement, le climat ne convenait pas à Candice et toutes deux furent confiées aux bons soins des religieuses de l'institution Saint-Anselme. Les saintes femmes étaient la bonté même mais les deux sœurs durent partager affection, livres et jouets avec d'autres enfants et, peu à peu, elles s'accoutumèrent à ce mode de vie impersonnel.

Les visites de M. Davis, bel homme, grand, mince et toujours bronzé, s'espacèrent avec les années, jusqu'au jour où la mère supérieure les appela pour leur annoncer le remariage de ce dernier avec une jeune asiatique et leur installation définitive en Orient. Candice et Dominique, de deux ans plus âgée que sa sœur, ne le revirent qu'une fois après cet événement, puis les lettres cessèrent d'arriver et les adolescentes acceptèrent alors d'être exclues de l'existence de leur père.

L'idée d'entrer dans l'ordre de Saint-Anselme commença alors à germer dans l'esprit de Dominique, contrairement à Candice qui chercha du travail dès qu'elle put sortir du couvent. Elle tenta de persuader sa sœur aînée de l'imiter dans sa quête d'un avenir plus facile et plus gai. Dominique avait simplement souri et, fidèle à un geste coutumier, avait réajusté sur son nez ses lunettes de myope.

Elle décida de faire ses études d'infirmière, tout en continuant à fréquenter les religieuses de Saint-Anselme afin de se préparer au jour où elle en serait membre à part entière.

A aucun moment, elle n'essaya d'imposer son choix à Candice. Le rayonnement et la jeunesse de celle-ci s'épanouissaient davantage dans les plaisirs sensuels de la vie que dans l'ascétisme. Dominique comprenait sa sœur, mais Candice n'allait-elle pas galvauder les qualités naturelles qu'elle possédait ? Elle rencontra Tony Romanos et dès qu'elle était seule avec Dominique, Candice ne tarissait pas d'éloges sur le jeune Italien, dont elle était éperdument amoureuse. N'éprouvaient-ils pas tous deux le même enthousiasme pour la danse ? Elle serait morte de déception si ce dernier ne lui avait pas demandé sa main !

Dominique écoutait ses discours excessifs et souriait.

— Personne ne meurt d'amour, avait-elle répliqué avec douceur. Je suis sûre que tu as d'autres prétendants qui dansent aussi bien que Tony.

— Il n'y a qu'un Tony, avait soupiré Candice. Tu ne peux comprendre, tu es trop absorbée par tes malades, sans compter tes autres pieuses activités. Comment peux-tu désirer ressembler à un sombre corbeau ?

— Sais-tu que certains ordres religieux abandonnent l'habit ? Pourquoi pas un jour, la communauté de Saint-Anselme ? avait-elle rétorqué en riant.

— Mademoiselle !

Dominique sortit de sa rêverie tandis que la servante lui ouvrait une porte et s'effaçait pour la laisser entrer. Elle détourna rapidement son regard involontairement attiré par une armure de chevalier qui meublait un angle du corridor et qui, fugitivement, lui rappela Don Luigi.

Pénétrant dans la chambre qui lui était destinée, elle réprima difficilement un sursaut de surprise amusée : la taille du lit était démesurée, les hauts plafonds délicatement sculptés. Comment ne pas se sentir déplacée au milieu de ce luxe harmonieux auquel elle n'était pas préparée ? Un lit étroit, une table et une chaise, un rangement fonctionnel n'étaient-ils pas le seul décor auquel elle était habituée ?

— Inutile de ranger ma valise, déclara-t-elle vivement à la jeune fille.

— Mais si, mademoiselle, c'est avec plaisir.

Manifestement, cela faisait partie des obligations qu'elle avait envers les invités de la famille Romanos.

— Je m'en occuperai moi-même, insista Dominique, sachez que je ne suis ici que la nouvelle infirmière et que je ne m'attends pas à des attentions particulières.

Déterminée à mettre les choses au clair, elle souhaitait établir dès le premier contact une certaine distance entre elle-même et le chef de famille. Troublée par le comportement de Don Luigi, elle n'aimait pas son attitude vis-à-vis de Candice qu'il semblait considérer comme une charge pour son frère.

— Mademoiselle aimerait-elle une tasse de café? demanda la jeune domestique.

— Volontiers, merci.

La jeune fille quitta la pièce en souriant et referma doucement la porte derrière elle.

En dépit de ses précisions, Dominique se rendit compte que les domestiques de Don Luigi auraient certaines difficultés à la dissocier de Candice.

Ses vêtements rangés, Dominique s'accouda à l'une des fenêtres et contempla le coucher de soleil sur l'océan. Jamais elle n'avait imaginé une demeure aussi féerique, un tel manoir isolé des bruits et de la fureur de la ville où elle exerçait journellement sa profession d'infirmière. Tandis que le ciel se teintait d'or, de pourpre et de dégradés de bleus, ses pensées s'envolèrent vers Tony qui avait emmené Candice vivre dans cette fastueuse demeure, loin du tumulte et de l'excitation des clubs de danse. Manifestement, il n'avait pas à travailler pour subsister et Dominique supposa qu'il disposait de rentes peut-être léguées par ses parents tragiquement disparus dans le naufrage du « Conte Toro ».

Cette nurse appelée Malina, qui vivait parmi eux, ne lui avait-elle pas sauvé la vie? Une pensée soudaine traversa l'esprit de la jeune fille.

Serait-il possible que Malina nourrisse une certaine

rancœur à l'encontre de Candice ? Ne s'était-elle pas octroyé certains droits sur Tony parce qu'elle l'avait arraché à une mort certaine ?

Tony avait survécu grâce à son courage et à son dévouement et maintenant, il lui échappait pour devenir le mari d'une jeune et ravissante anglaise...

Totalement absorbée par ses réflexions intérieures, Dominique n'entendit pas la porte s'ouvrir et ne perçut pas une présence dans la chambre.

— Nos couchers de soleil sont toujours spectaculaires.

La voix proche la fit sursauter et elle eut un léger cri de surprise. Elle pivota sur ses talons et se trouva en face de l'énigmatique Don Luigi.

— J'ai frappé à plusieurs reprises, expliqua-t-il. Finalement je me suis décidé à entrer et vous ai découverte dans la contemplation du soleil se couchant sur la mer. J'ai la même vue de ma fenêtre et j'ai toujours été ébloui par le talent artistique de la nature. Que ne puis-je reproduire une telle scène sur une toile !

Le crépuscule avait brusquement envahi la pièce.

— Auriez-vous aimé être un artiste ? lui demanda-t-elle.

Ses dents scintillèrent dans un bref sourire.

— Un sculpteur, peut-être, sur bronze plus que sur pierre. J'aurai choisi de représenter la vie dans ce qu'elle a de plus sauvage, des créatures se faufilant à la tombée du jour, hors de leur tanière, à la recherche de nourriture. Quel effet la nuit a-t-elle sur vous, Dominique ? Qu'évoque-t-elle pour vous ?

— Des lumières voilées, des lits blancs, des odeurs de médicaments, des toux rauques, le tic-tac monotone d'une pendule.

— Je vois, la veillée d'une infirmière...

— C'est cela.

— En avez-vous passé beaucoup ?

— Un certain nombre, oui. J'ai commencé à seize ans.

— Je vois...

Il la regarda avec insistance.

— Puis-je me permettre de vous faire remarquer que l'on ne vous donne pas vingt-cinq ans ?

— Pourtant les femmes qui portent des lunettes paraissent en général plus que leur âge, déclara-t-elle avec humilité.

— Ce n'est pas votre cas, vous avez l'air d'une jeune fille candide, souligna-t-il doucement.

— Sans doute est-ce le résultat de toutes ces années passées au couvent.

— Ou tout simplement le reflet de votre personnalité ? Vous semblez si différente de votre sœur.

— Candice est tellement jolie ! fit-elle avec enthousiasme.

— Le pensez-vous vraiment ?

— Très sincèrement, répondit-elle. Chacun est tel que le Bon Dieu l'a créé et doit s'assumer ainsi.

— C'est une courageuse philosophie. Mais de nombreuses femmes seraient prêtes à tout en échange de la beauté.

— Sans doute la marguerite souhaiterait être une rose, mais marguerite elle est et restera jusqu'à ce que ses pétales se fanent et tombent !

— N'est-ce pas une vue bien pessimiste de l'avenir ?

— Oh non, j'espère être utile jusqu'au bout !

— Vous avez l'âme d'un saint-bernard, Dominique, observa-t-il rêveusement.

— J'y tends de toutes mes forces et mes projets vont dans ce sens.

— Ah ! Puis-je en connaître la teneur ?

— Mais certainement, Don Luigi.

Dominique fit une pause. Non pour ménager un effet, mais parce que ce qu'elle avait à transmettre était très important pour elle.

— Je souhaite rejoindre l'Ordre de Saint-Anselme. C'est là que Candice et moi avons été élevées.

— Par tous les diables ! s'exclama-t-il.

— J'y suis tout à fait résolue.

— J'en suis persuadé, fit-il en éclatant d'un rire sardonique. Beaucoup de jeunes personnes dotées des mêmes caractéristiques que vous ont dû se réfugier dans les bras de cette communauté religieuse.

— Et quelles sont ces particularités, puis-je le savoir ? s'enquit-elle avec irritation.

La colère montait en elle. De quel droit cet homme se permettait-il de la questionner sur sa vie ? C'était un étranger pour elle, comment osait-il émettre des doutes sur sa vocation ? La dominant de sa haute taille, dans cette chambre envahie par l'obscurité, il ressemblait à un sombre inquisiteur.

— Je pense qu'il y a un peu trop de compassion naïve dans votre caractère, poursuivit-il.

Dominique hésita à répondre. Puis, son tempérament reprenant le dessus, elle lui livra sans ambages le fond de sa pensée :

— Pensez-vous que les privilèges de votre puissance et votre position dans le monde vous donnent le droit de diriger la vie des autres ? Parce que Tony s'est opposé à vos projets en prenant ma sœur pour épouse, vous la jugez avec sévérité et de plus, vous vous permettez de vous moquer de mes aspirations !

— Peut-être suis-je de nature impitoyable ?

— Nous nous connaissons depuis peu, Don Luigi, mais c'est exactement l'opinion que j'ai de vous.

Il s'inclina dans une attitude pleine de morgue.

— Croyez-vous que l'appréciation que nous avons l'un de l'autre débouchera sur une amitié ?

— Je suis sous votre toit en qualité d'infirmière de ma sœur, Don Luigi. Je vous serais reconnaissante de me conduire jusqu'à elle, lui rétorqua-t-elle en éludant la question.

— Etes-vous prête à la rencontrer ?

— Tout à fait, merci.

— Je crains néanmoins de vous avoir troublée...

— En aucune façon. Candice m'attend-elle ?

— Non.

— Que dites-vous ? s'étonna-t-elle.

— Elle est trop vulnérable. Si pour une raison ou une autre, vous aviez été contrainte de retarder votre arrivée, elle aurait été trop désappointée. Comme vous pouvez le constater, je ne suis pas si cruel...

« Oh si ! » se dit la jeune fille. Cruel, de caractère inflexible et capable du pire si quelqu'un osait se mettre en travers de son chemin !

— Je continue de penser que vous auriez dû m'avertir de la chute de Candice et son hospitalisation, insista-t-elle. Même si Tony ne savait quelle décision prendre, il est inconcevable que vous même m'ayez laissée dans l'ignorance.

— Comme je vous l'ai déjà précisé, à cette époque, rien n'indiquait que votre sœur ait été gravement atteinte, et...

— Il peut y avoir des séquelles imprévisibles, l'interrompit-elle froidement et ma présence auprès de Candice était indispensable. Pourquoi donc, en qualité de chef de famille, avez-vous décrété que je serais davantage un obstacle qu'une aide ?

— A cause de la personnalité de votre sœur...

— Expliquez-vous !

— Ne manque-t-elle pas de pondération et d'équilibre ?

— Et vous m'imaginiez semblable à elle ?

— Peut-être, oui.

— Incapable de faire face à une situation grave ? Vous avez vraiment une triste opinion des femmes ! Néanmoins, comme vous pouvez le constater, je suis différente de ma sœur et tout à fait capable de garder mon sang-froid en cas de crise.

— Certes oui, reconnut-il.

— Votre frère me connaît. Pourquoi ne lui avez-vous pas demandé son avis, si tant est que l'opinion des autres ait une quelconque valeur pour vous.

— Je ne considère pas mon frère comme un juge excellent en ce qui concerne les femmes.

— Le fait qu'il ait choisi Candice ne plaide pas en sa faveur, n'est-ce pas ? Le plus grand tort de ma sœur, je suppose est de n'être pas italienne. Nul doute qu'elle ne possède à vos yeux toutes les qualités... Comme votre fiancée, sans doute !

Dominique regretta immédiatement ses paroles. Elles étaient non seulement insolentes mais inutilement cruelles. Il avait perdu cette jeune fille quelques années plus tôt et ne l'avait jamais remplacée. N'est-ce pas la preuve que Sofia était inoubliable ? Dominique, habituellement si sensible à la détresse d'autrui, éprouvait un pénible sentiment de honte...

— Pardonnez-moi, commença-t-elle.

— Vous êtes tout excusée.

Il pivota sur ses talons.

— Votre sœur doit être éveillée. Figurez-vous qu'un après-midi, à l'heure du thé, elle jeta la théière à travers la fenêtre. Heureusement que celle-ci était ouverte !

— Je ne peux imaginer Candice se comportant ainsi, soupira-t-elle.

Il marchait à grands pas le long du corridor et Dominique courait presque pour se maintenir à sa hauteur.

— Vous êtes persuadée que votre sœur est victime de ma tyrannie, n'est-ce pas ?

Il s'arrêta devant une porte et, lui jetant un regard glacial :

— Ne laissez pas votre imagination s'emballer, lui conseilla-t-il sèchement.

Sa position d'infirmière avait habitué Dominique au ton sarcastique de ses supérieurs, mais jamais on ne l'avait aussi vertement remise à sa place ! Elle l'avait cherché, certes, et se trouvait dans la position de l'enfant qui se fait réprimander parce qu'il a mangé sans permission des confitures ! Le ton et le coup d'œil de Don Luigi exprimaient clairement : « Ne vous mêlez pas de ma vie privée ! »

Il posa la main sur le loquet. Soudain, la porte s'ouvrit violemment et une domestique, le rouge aux joues, sortit précipitamment de la pièce.

— Ah, monsieur !

Elle fit un geste vers la chambre.

— Elle est tournée vers le mur et refuse que je lui fasse la toilette. Elle n'a rien avalé depuis ce matin et vient de me dire que si elle arrive à se traîner hors de son lit, elle se jettera par la fenêtre. Je vais chercher Antonio.

— Inutile, Malina.

D'un bref mouvement de tête, Don Luigi lui désigna Dominique.

— Cette jeune fille est la sœur de Madame. Elle doit être capable d'arranger cela. Mais pourquoi ce bouleversement ?

La femme considéra à peine Dominique.

— C'est encore une de ses idées fixes provoquées par les barbituriques. Elle en a besoin pour dormir... mais ces drogues sont de véritables poisons !

Dominique ne pouvait détacher ses yeux de celle que Don Luigi avait appelée Malina. Elle s'attendait à rencontrer une personne plus âgée. Mais cette Italienne, la nurse qui avait sauvé Tony, paraissait à peine une quarantaine d'années et son aspect était frappant. Aucun fil d'argent dans sa chevelure noire de jais coiffée en chignon. Les prunelles dures et sombres étincelaient dans le visage fin aux traits réguliers. Un grain de beauté velouté mouchetait une de ses pommettes.

A la surprise ressentie par Dominique se mêla un vif courroux. Comment pouvait-elle parler ainsi de Candice, s'adressant à Don Luigi comme si la femme de son frère était folle ? La sollicitude naturelle qu'elle éprouvait pour sa sœur en fut renforcée, alors que s'aggravait l'opinion qu'elle avait de Don Luigi.

Dominique frissonna de dégoût. Candice, la lumineuse et joyeuse Candice, celle qui enchantait même les sévères religieuses de Saint-Anselme, par sa gaieté et son esprit primesautier... entre de telles mains... ! Qu'avait-on fait à sa petite sœur pour qu'elle parle de suicide ?

— Il me semble que j'arrive à temps !

Elle s'exprimait avec calme mais la colère flamboyait dans ses yeux.

— Manifestement Candice a non seulement besoin d'une infirmière mais de quelqu'un qui prenne soin d'elle avec un peu d'humanité, poursuivit-elle d'une voix coupante. Puis-je entrer ?

Don Luigi s'inclina.

— Seule, je vous prie.

Avec dignité, la jeune fille s'efforçait de cacher son aversion pour Malina. Dorénavant, cette femme ne pénétrerait plus dans cette pièce, elle l'exigerait.

— Comme vous voulez.

Ils se défièrent du regard, puis Don Luigi ouvrit la porte et s'effaça pour la laisser passer.

Dominique murmura un vague remerciement et referma le battant derrière elle.

Nerveuse, elle demeura un instant immobile afin de recouvrer son sang-froid et de calmer les battements désordonnés de son cœur. Puis, prenant une profonde inspiration, elle s'approcha du lit.

Le visage tourné vers le mur, Candice reposait dans un désordre de draps de soie ivoire. Ses cheveux d'or pâle s'emmêlaient sur l'oreiller.

Dominique la saisit doucement par les épaules et sentit une résistance immédiate.

— Tourne-toi, ma Candy, que je puisse te serrer dans mes bras, murmura-t-elle.

Il y eut quelques secondes de silence, puis un profond sanglot secoua la frêle silhouette.

— Nicky... toi ?

— Oui ma chérie.

Avec une tendre sollicitude, Dominique obligea sa sœur à lui faire face. Quel changement entre l'aspect rayonnant d'autrefois et la petite figure tendue et défaite qu'elle découvrait ! La chevelure blonde avait perdu de son éclat, les douces lèvres étaient desséchées et sans couleur et la peau lisse était marbrée de rougeurs.

Dominique embrassa doucement la jeune femme, mais le regard bleu, presque hostile, ne s'illumina pas.

— Es-tu contente de me voir ? chuchota-t-elle.

— Pourquoi t'inquiéter à mon sujet, as-tu du temps à perdre ? répliqua Candice d'une voix morne.

— Si j'avais été informée plus vite de ton état, je serais là depuis longtemps, lui affirma Dominique. Je suis persuadée que Tony l'aurait souhaité mais je doute que son frère lui ait demandé son avis. J'ai reçu un télex hier et suis partie immédiatement pour m'occuper de toi... Don Luigi m'a dit que tu avais été soignée par le meilleur médecin de la région et que...

— Et que je suis clouée sur cette couche, inerte ? l'interrompit-elle sauvagement... Je ne peux pas marcher, Nicky, te rends-tu compte ? Je te jure que j'ai essayé maintes et maintes fois, mais je retombe comme une masse. Oh mon Dieu, que m'arrive-t-il ?

Candice s'accrochait à sa sœur avec tant de force que ses ongles transperçaient le tissu de sa veste.

— Aide-moi, je t'en conjure, avant que je ne perde la raison ! l'implora-t-elle... Cette affreuse paralysie et... Tony ! Je l'aime tant et... et il a quelqu'un d'autre !

— Allons, allons...

Dominique caressa doucement les cheveux ébouriffés et le front moite de sa sœur.

— Cesse de croire en ces balivernes!

— Ce ne sont pas des mensonges, répondit-elle d'une voix sans timbre. J'ai lu la culpabilité dans ses yeux quand je l'ai accusé. Je t'assure, je ne me trompe pas, c'est comme une ombre que j'aurais voulu chasser de son visage... Je pense que s'il avait avoué, j'aurais pu lui pardonner. Mais il ment! il s'obstine à mentir! et cet horrible collier qu'il m'a offert pour masquer sa trahison... Don Luigi t'en a-t-il parlé?

— Oui, il m'a tout raconté.

Dominique s'assit au bord du lit et attira la tête de sa sœur contre son épaule.

— Tu as frappé Tony avec ces perles. Blessé, il a levé la main sur toi. Tu as pris peur et en reculant, tu es tombée dans l'escalier. Il m'a dit que tu étais évanouie mais que tu ne souffrais d'aucune lésion grave et que cette incapacité de marcher n'est venue que plus tard. Chérie, ton mal est vraisemblablement d'origine psychosomatique et tu guériras par ta seule volonté.

— Vous me traitez tous comme si j'étais une démente! sanglota-t-elle. J'ai vu la façon dont Tony me regarde. Suis-je complètement folle? Est-ce pour cela qu'il est si injuste envers moi?

— Bien sûr que non, Candy, rétorqua vivement Dominique.

Bien que profondément troublée par le changement évident qui altérait les traits de sa sœur, Dominique esquissa un sourire.

Certes, Don Luigi affirmait que Tony n'avait pas manqué à sa parole. Mais alors, quelle explication donner à cette dégradation physique et morale qui transformait la jeune fille? Sa peine était si sincère et profonde que tous les centres nerveux étaient atteints.

La pratique de son métier avait appris à Dominique les dégâts que ce genre de dépression provoquait.

Personne n'était à l'abri. Sa tâche ne serait pas aisée et il lui faudrait se battre pour insuffler à nouveau à sa sœur le goût et la volonté de vivre.

— Tes cheveux ont besoin d'être lavés, commenta-t-elle d'une voix qu'elle s'efforçait de rendre insouciante. Demain, je te ferai un bon shampooing, d'accord ?

— Quelle importance ! soupira Candice. Tony se moque bien de mon apparence ! Les mots d'amour qu'il prononçait, nos joies et nos rires, nos émerveillements... Tout n'était que mensonge, ses pensées étaient ailleurs.

— C'est insensé, Candy. Tony ne t'aurait pas épousée s'il en aimait une autre !

— Notre mariage est le fruit d'une erreur...

— Que veux-tu dire ? questionna vivement Dominique.

— L'ignorais-tu ?

La grimace qui tordit les lèvres de Candice l'enlaidit un instant.

— Tony et moi avons passé un week-end à Paris. Ce fut un enchantement mais je compris qu'il n'avait pas l'intention de demander ma main. Un peu plus tard, je lui confessais que j'attendais un bébé. Comme tout latin qui se respecte, il est chevaleresque et... je le désirais à tout prix. Lorsque nous fûmes mariés, il me fut facile de lui dire que je m'étais trompée. Est-ce pour cela qu'il me hait ?

— Candice !

— Une fourberie en entraîne une autre, n'est-ce pas, Nicky ? Nos fautes nous suivent...

Une grosse larme coula lentement le long de la joue de Candice.

— J'étais si... si futile. Il ne m'est jamais venu à l'esprit que Tony pouvait avoir une autre attache en Italie, une femme qui attendait son retour pour se marier avec lui. Je mérite ce qui m'arrive. J'ai obtenu ce que je désirais, à présent, j'en paie le prix.

— Ne parle pas ainsi, ma chérie.

Dominique serra Candice contre elle, lui caressa tendrement les cheveux et la berça doucement comme si elle était encore la petite sœur qu'elle consolait au couvent lorsqu'elle pleurait en réclamant son père.

— Quelles que soient les raisons qui ont poussé Tony à t'épouser, je me souviens de l'impression que j'ai ressentie lorsque je vous ai vus tous deux à Noël. N'était-il pas aux petits soins pour toi ? Crois en son amour, ma chérie, et tout redeviendra clair et serein entre vous. Tu n'ignorais pas que cette union ne serait pas spécialement confortable et que l'homme que tu avais choisi, comme son frère d'ailleurs, ne ressemblait pas au commun des mortels ?

Candice soupira profondément et tourna ses yeux tristes vers sa sœur.

— Que penses-tu de Don Luigi ? Certains le trouvent arrogant, d'autres affirment que depuis le décès de sa fiancée, il est devenu misogyne.

— Elle a dû mourir très jeune ?

Dominique jeta un coup d'œil sur la main gauche de Candice. Son alliance flottait autour de son doigt trop mince et ses ongles avaient besoin d'une manucure. Un tel négligé n'était certes pas dans les habitudes de sa sœur !

— Oui, c'est exact, fit-elle d'un ton résigné. Y aurait-il un mauvais sort sur cette famille ?

— Ne dis pas de bêtises, chérie.

— J'ai vingt-trois ans, Nicky, ce n'est pas vieux, n'est-ce pas ?

— Je ne veux pas entendre pareille sottise. Tu n'es pas sur le point de nous quitter, que je sache !

— Mes jambes sont perdues, pourtant.

— Tu en as l'impression, c'est tout.

— N'est-ce pas la même chose ? Je ne peux plus

38

marcher et encore moins danser. Tony et moi avions projeté d'ouvrir une école de danse, mais il redoutait la désapprobation de son frère.

— Lui en avait-il parlé ? questionna Dominique.

— Non, mais nous avions établi un plan qui pouvait réussir si Don Luigi acceptait de nous avancer la première mise de fonds. Tony possède un peu d'argent et son frère lui alloue une rente provenant des revenus de la propriété, mais nous avions besoin d'un capital. Et puis, ces affreuses lettres sont arrivées et ce fut comme si le monde s'effondrait autour de moi. Tu sais, Nicky, j'ai refusé d'ajouter foi au contenu de la première missive, bien qu'elle soit précise et méchante et je l'ai brûlée... Une autre a suivi et, Don Luigi est sorti de son bureau au moment où je m'apprêtais à l'ouvrir. Il surprit mon attitude bouleversée et insista pour en connaître la raison. Après sa lecture, il affirma que c'était pure folie de croire à ce tissu de mensonges. Cependant le billet faisait référence à une cicatrice que Tony porte sur le haut de sa cuisse et c'était décrit de manière tellement lubrique... !

Une rougeur subite enflamma le pâle visage de Candice.

— Peux-tu blâmer mes soupçons, Nicky ? poursuivit-elle d'une voix tremblante. J'en discutai avec Tony qui **nia farouchement mais quelque chose dans ses paroles** sonnait faux. Puis il acheta ces perles et ce geste me le rendit odieux. N'était-ce pas comme s'il se sentait coupable ? Les hommes sont parfois de telles brutes... !

Dominique resserra son étreinte et la berça comme un enfant malheureux. Elle aiderait sa sœur, la tirerait de sa léthargie, lui redonnerait confiance en elle-même et la sortirait de ce gouffre de désespoir dans lequel elle sombrait...

— J'ai toujours pensé que tu étais folle de vouloir prendre le voile, murmura Candice, mais à présent, je me demande si la vie sans homme n'est pas une sage solution.

— C'est possible, convint doucement Dominique.

Elle écarta les mèches rebelles des yeux de Candice.

— Que dirais-tu si je te faisais belle pour le repas de ce soir ? Regarde ta chemise de nuit, le corsage est tout souillé et ta chevelure ressemble à la crinière d'un poulain ! Tu as peut-être découragé toutes tes infirmières mais maintenant, c'est à moi que tu auras affaire et, crois-moi, tu ne m'intimideras pas… !

— Je présume que Don Luigi est venu te chercher au bateau ? demanda Candice.

— Oui, c'est exact.

— Quelle magnanimité ! je suppose qu'il m'a dépeinte sous le jour le plus noir tandis que Tony faisait figure de chevalier intègre ? Il ne voulait pas de moi ici. Tout le monde sait que Don Luigi ne souhaite pas se marier et Tony reste seul pour assurer la continuité de la lignée des Romanos. Le tout-puissant Don Luigi aurait préféré que ses descendants soient italiens de pure race. Et à présent, il semble qu'il n'aura même pas un héritier de sang-mêlé… !

— Tu ne dois ni penser ni parler comme cela, lui reprocha Dominique avec véhémence. Dorénavant, tu adopteras une attitude plus combative.

— En avant…, mes frères… ! ironisa Candice.

— C'est vrai. Et nous le répéterons ensemble si cela est nécessaire.

— Tu es incomparable, ma Nicky… Tu l'as toujours été. Dommage que je n'aie pas la même foi que toi en la nature humaine.

— C'est en toi que tu dois croire, Candy. Nous allons vaincre ensemble. Nous ferons des exercices pour redonner la vie à tes jambes, ensuite, nous irons nager.

— Tony déteste la mer.

— C'est de toi dont il s'agit.

Dominique serra les poings.

— Tous mes efforts tendront à te guérir. Ensuite tout sera plus facile pour toi, tu verras. As-tu une salle de bains personnelle ? poursuivit-elle.

Candice lui indiqua une porte au fond de la pièce et Dominique se leva pour y jeter un coup d'œil. Comme elle l'espérait, la baignoire était, dans le style romain, spacieuse et profonde.

— Parfait ! s'exclama-t-elle. Je t'apprendrai les mouvements qui conviennent et, bientôt nous les ferons dans l'océan. Cesse donc de faire cette tête là !

— Une vraie mère poule, grommela Candice.

— J'ai du bon sens, c'est tout. Tu veux marcher à nouveau, oui ou non ?

— Sans doute !

Morose, le regard de Candice glissa vers la porte-fenêtre qui s'ouvrait sur le balcon. Dominique frémit alors au souvenir des paroles de Malina relatant à Don Luigi les idées de suicide de sa sœur.

— A quelle heure dînes-tu ?

Dominique s'approcha de la coiffeuse et saisit une brosse en argent, gravée aux initiales de Candice : C.A.R. Le second nom de sa sœur était Anémone et le sien Violette. Une charmante idée de leur père à qui, manifestement, Candice ressemblait. Un homme qui fuyait ses responsabilités. Candice ne tentait-elle pas d'échapper à la conviction que Tony ne désirait que son corps, ce corps dont elle s'était servie pour séduire et qu'elle voulait inconsciemment détruire ?

— On m'apporte le repas à sept heures et demie.

Candice se crispa sous les coups de brosse énergiques de sa sœur.

— Tony se joint-il à toi ?

— Quelquefois, lorsqu'il ne sait pas comment s'occuper... Aïe, tu me fais mal ! protesta-t-elle.

— A voir le piteux état de tes cheveux, j'imagine que tu ne les a pas peignés depuis un moment ! Je me souviens des vagues lisses et brillantes qui couvraient tes épaules. A l'époque, que de temps passais-tu à t'embellir !

— A quoi cela me servirait-il à présent ? déclarat-elle d'une voix maussade, je ne sors pas.

— Tu restes toujours ici ? Tony ne t'emmène-t-il jamais en promenade ?

— Je préfère ne pas bouger.

— C'est ridicule. Tu ne peux pas te cloîtrer ainsi dans cette atmosphère étouffante ! Tu as besoin de soleil et de grand air… !

— Est-ce pour me gronder que tu es revenue, Nicky ? J'ai subi assez de reproches de la part de Don Luigi. Il a acheté un fauteuil roulant, mais j'ai obstinément refusé de me laisser balader dans cet affreux engin. Cette brute a essayé de m'y forcer !

— C'était pourtant une excellente idée, décréta Dominique.

— Sais-tu qu'il souhaitait m'installer dans une clinique, Malina ne l'a affirmé. A propos, l'as-tu rencontrée ?

— Oui. J'ai cru comprendre qu'elle aimait beaucoup Tony dont elle fut la nurse. Mais n'est-il pas d'usage qu'une nounou quitte la maison lorsque l'enfant a grandi ?

— Non, pas Malina, répliqua sentencieusement Candice. Elle s'est glissée au sein de la famille et ne partira jamais. Elle a sauvé la vie de Tony et lui-même et son frère lui vouent une éternelle gratitude. Forte de cette certitude, elle s'est installée définitivement au foyer. As-tu remarqué qu'on ne la considérait pas comme une domestique ?

— Oui, répondit tranquillement Dominique, je l'ai noté.

— Tu ne l'aimes pas, n'est-ce pas, Nicky ?

— Pas particulièrement.

— Qu'a-t-elle raconté à mon sujet ?

— Que tu as décidé de te jeter par la fenêtre.

— Paralysée comme je suis ! s'exclama Candice.

— Ferais-tu une chose pareille, Candy ?

— Le pourrais-je ?

Dominique ne savait que penser de cette réponse ambiguë quand la porte s'ouvrit. Don Luigi, grand et sombre, traversa la pièce jusqu'au pied du lit et observa les deux sœurs.

— Que désirez-vous ? demanda sèchement Candice.

— Me rendre compte du plaisir que vous a causé cette surprise.

— Vous parlez de la présence de Nicky ?

— Etes-vous heureuse ?

— Indiciblement ! répondit-elle avec emphase.

— Votre impudence, Candice, mériterait une fessée.

Ses yeux étincelaient de façon inquiétante.

— Etes-vous disposée à traiter votre sœur comme vous traitiez les autres infirmières ? Je vous signale qu'elle est au courant de vos accès de mauvaise humeur.

— Comment vous comporteriez-vous si vous aviez perdu l'usage de vos jambes ? questionna vivement la jeune femme. Et pourquoi Tony et vous-même avez-vous gardé Nicky dans l'ignorance de mon état durant des semaines ? attaqua-t-elle.

— Votre sœur a ses propres occupations et vous étiez entourée d'excellentes garde-malades que vous avez insultées de façon odieuse. J'ose espérer que vous modifierez votre attitude. Je note avec satisfaction que votre sœur est parvenue à améliorer votre aspect physique.

Il se tourna vers Dominique.

— Je vous remercie, Dominique, fit-il en s'inclinant légèrement.

La jeune fille l'examina posément, lui découvrant un charme viril qui démentait sa soi-disant misogynie.

— Puis-je vous adresser une requête, monsieur ?

— Je vous en prie.

— Je souhaiterais m'occuper seule de ma sœur.

J'aimerais que personne d'autre que moi ne pénètre dans sa chambre pour lui donner des ordres ou la réprimander.

— Je vois. Pensez-vous à quelqu'un en particulier ?

— Oui. A la femme que vous venez de me présenter.

— Malina ?

— Oui.

Dominique le toisa avec dignité.

— Je n'aime pas la façon dont elle parle de Candice comme s'il s'agissait d'une enfant insupportable souffrant d'une maladie imaginaire. Je suis infirmière, pas Malina. Je connais ma sœur mieux que quiconque et puis vous assurer que le mal qui la tourmente est authentique. De plus, en qualité de belle-sœur du chef de famille, elle mérite le respect et je n'en ai trouvé aucun dans le ton de cette femme.

— Permettez-moi de vous mettre en garde contre cette fâcheuse tendance à dire tout ce que vous pensez, lui conseilla-t-il d'une voix dangereusement calme.

— N'êtes-vous pas d'avis qu'il est préférable d'exprimer son opinion que de manifester sa morgue ?

— Si, rétorqua-t-il et, d'ailleurs vous ne vous en privez pas.

— Je livre mes idées quand j'estime qu'elles sont bonnes.

— Il me semble, en effet.

Il contempla Dominique, une lueur sardonique dans ses prunelles sombres.

— Avez-vous d'autres souhaits ?

— Oui. Dans quelques jours, j'aimerais emmener Candice sur la plage. Quelqu'un pourrait-il l'y porter ?

— Oui, fit-il en s'inclinant légèrement, moi-même.

D'un coup d'œil, il évalua la puissance de ses larges épaules.

— Merci. Nager dans l'océan lui fera le plus grand bien, expliqua-t-elle. Il est inadmissible qu'elle reste allongée sur ce lit toute la journée. Aussi, quand vient la nuit, elle est obligée de prendre des drogues pour dormir !

— Vous êtes un vrai garde du corps, avec la sensibilité en plus, commenta-t-il avec ironie.

— Je l'espère.

— Vous ne l'imaginiez pas ainsi, n'est-ce pas, Don Luigi ? déclara Candice en étouffant un petit rire. Avec son air réservé et ses yeux modestement baissés ! Mais Dominique a hérité du tempérament des Davis et ce n'est pas un ange, croyez-moi !

— Est-ce exact, Dominique ?

Sa façon directe de la fixer déconcertait Dominique mais elle ne pouvait s'y soustraire. Aucun doute, il avait coutume d'intimider les femmes. Avait-elle le droit de découvrir sa propre féminité à travers le regard d'un homme ?

— Laissons les anges au paradis, s'exclama-t-elle et revenons sur terre. Qu'y a-t-il au menu de ce soir ? Je n'ai rien pris sur le bateau et j'ai une faim de loup !

— J'ai entendu parler de « cannelloni », dit-il avec un sourire amusé. C'est une délicieuse spécialité italienne, peu propice à la mortification des corps.

— Je suis sûre d'en savourer chaque bouchée, Don Luigi.

— Vous ne vivez donc pas de pain et d'eau ?

— Seulement le vendredi, murmura-t-elle... avec une pincée de sel.

— Ou une pincée de poivre, rétorqua-t-il négligemment.

— Sœur Paprika !

Candice éclata de rire.

— Voilà ton nom de religieuse tout trouvé, Nicky ! Savez-vous, Don Luigi qu'elle est sur le point de prendre le voile ?

— Je l'ai appris, oui.

Il emprisonna le regard de Dominique.

— Comment deux sœurs peuvent-elles être si différentes ? remarqua-t-il pensivement.

— Cela est également valable pour des frères, remarqua judicieusement Candice.

— C'est évident, mon petit.

Brusquement son visage se durcit.

— Dominique, poursuivit-il en changeant de sujet, vous êtes la sixième infirmière qui entre dans cette maison. Etes-vous confiante dans la réussite de votre tâche ?

— Tout à fait, lui assura-t-elle posément. Surtout si vous m'assurez que j'aurai seule le contrôle de cette chambre, à part le médecin, bien entendu.

— Bien entendu, fit-il en écho. Mettez un peu de bon sens dans la jolie tête de Candice et je vous offrirai une montre en gage de reconnaissance. Etes-vous d'accord ?

Embarrassée, Dominique rougit jusqu'à la racine de ses cheveux.

— J'en possède déjà une, Don Luigi, rétorqua-t-elle vivement. Ma meilleure récompense sera la guérison de Candy. Je ne puis accepter un tel cadeau.

— Est-ce défendu ? ironisa-t-il.

— Pour moi, oui, dit-elle gravement.

3

Les étoiles se détachaient, lumineuses, sur fond de velours sombre. L'air était doux et parfumé et, en prêtant l'oreille, Dominique pouvait entendre le bruit des vagues déferlant au loin, sur la plage.

Rarement de tels moments lui étaient offerts. Aussi goûtait-elle avec volupté à la beauté et à la paix environnantes. S'abandonnant à l'enchantement de cette nuit, elle se détendait peu à peu et se reposait des émotions de la journée.

Elle avait passé le plus clair de son temps avec Candice dont l'humeur était encore changeante et qui acceptait les prescriptions de sa sœur avec plus ou moins de bonne volonté. Si elle mangeait davantage, les barbituriques supprimés, elle avait passé une nuit blanche. Les deux sœurs avaient bavardé et évoqué leur enfance au couvent au milieu des religieuses qu'elles aimaient. Dominique tentait de cacher l'anxiété que le comportement encore instable de sa sœur provoquait chez elle. Le désespoir qui apparaissait trop souvent dans les yeux de Candice la hantait. Qu'avait-elle de si pénible à cacher dont elle ne pouvait ou ne voulait parler ?

Elle poussa un profond soupir. Ne pouvant forcer les confidences de Candice, elle espérait que celle-ci se débarrasserait de ce lourd fardeau au cours d'une nuit sans sommeil.

Dominique laissait errer son regard dans le ciel piqueté d'or. Dans un tel paradis, sa sœur n'aurait-elle pas dû couler des jours heureux, empreints de félicité romantique ? Mais un serpent s'était glissé dans cet Eden. Il avait atteint la vulnérable Candice de son venin et à présent le poison produisait son pernicieux effet. A cette pensée, la colère envahit la jeune fille. Qui était l'auteur de ces misérables lettres ? Vivait-il ici même ?

Un nom vint immédiatement à l'esprit de Dominique, mais, par charité, elle repoussa ses soupçons. Ne risquait-elle pas de se tromper et de troubler le calme qui semblait régner dans cette maison ?

Candice avait besoin d'elle... terriblement...

Regagnant la chambre de sa sœur, quelle ne fut pas sa surprise d'y trouver Tony ! Etait-ce parce qu'il ne pouvait supporter le changement qui s'était opéré chez sa femme ? Ses visites étaient de moins en moins fréquentes. Certains jours, Candice adoptait une attitude distraite et apathique. D'autres jours, c'étaient des disputes qui se terminaient par des larmes et... le départ précipité de son mari.

Ce soir, un simple coup d'œil de Dominique à sa sœur lui apprit que celle-ci était d'humeur morose.

Vêtue d'un ravissant déshabillé de dentelle ivoire, sa chevelure soigneusement brossée auréolant son visage dont la carnation s'avivait sous la douce luminosité d'une lampe rose, elle était allongée sur une méridienne aux formes gracieuses.

Quel changement depuis l'arrivée de sa sœur ! Elle eut le plaisir de constater une approbation certaine dans le sourire reconnaissant que lui dédia Tony lorsqu'il quitta son fauteuil pour l'accueillir.

Aussi grand que son frère, souple comme un félin, Tony séduisait davantage par la finesse de ses traits,

48

tandis que le charme de Don Luigi émanait de son corps puissant et de sa figure énergique.

Habillé avec recherche, Tony portait ce soir-là un smoking aux revers de soie grise assortis à sa chemise rayée ton sur ton. Ses cheveux noirs et frisés impeccablement coiffés lui conféraient sans conteste une allure très romantique. Dominique comprenait l'attrait qu'il exerçait sur sa sœur. Il était la quintessence même de la beauté et de l'élégance romaine. Quel secret se cachait derrière ses magnifiques prunelles noires ?

— Nicky, vous avez accompli des miracles, déclara Tony avec enthousiasme. Grâce à vous, Candy semble se porter de mieux en mieux au fil des jours. Vous avez une patience d'ange !

— Oh non, protesta-t-elle. L'amélioration vient de la volonté de guérir de Candice, n'est-ce pas, ma chérie ?

Les yeux perdus dans le vague, celle-ci ne répondit pas. Etait-elle en train d'imaginer son beau mari dans les bras d'une autre femme ? Dominique étudia le ravissant minois en forme de cœur.

— Que désires-tu manger ce soir ?

— Je n'ai pas faim, soupira Candice. Une coupe de champagne me suffira.

— Je viens de parler à la cuisinière. Elle prépare de moelleux médaillons de veau et des superbes langoustines. Cela ne te met-il pas l'eau à la bouche ?

— Pas particulièrement, répondit Candice en étouffant un gracieux baîllement. Je me contenterai de quelques biscuits avec le champagne.

— Vraiment, ma chérie, protesta Tony, légèrement agacé, des biscuits avec du Moët et Chandon, quelle aberration !

— Alors, qu'on me serve du caviar ! grommela-t-elle.

— Sois raisonnable, Candy, déclara Dominique d'une voix apaisante. La viande fleure bon le thym et le romarin et tu peux la déguster accompagnée d'asperges. Ne fais pas la fine bouche et pense à toutes les femmes qui envieraient ta situation : une maison de rêve... un séduisant mari... estime-toi heureuse !

— Bien sûr, Nicky, attaqua Candice d'une voix aiguë. N'est-ce pas merveilleux d'être allongée ici quand je pourrais aller danser et prendre du bon temps ! Je suppose que dans les mêmes circonstances, tu jouerais à merveille le rôle de martyre... !

— Candice ! s'exclama Tony avec irritation. Comment peux-tu parler ainsi à ta sœur ? Tu as le don de mettre le feu aux poudres !

— Pas toi, sans doute ? siffla-t-elle avec hargne.

Il pâlit sous l'allusion insultante et Dominique ressentit pour eux une profonde pitié. Ils se déchiraient comme l'avait prévu l'auteur de ces lettres empoisonnées. Y avait-il réellement une autre femme dans la vie de Tony ?

— Je sors d'ici, déclara Tony d'une voix blanche en gagnant la porte.

— Non, Tony !

Il s'arrêta, la main sur la poignée de la porte. Une sorte de détresse dans le cri plaintif jeté par Candice l'incita à se retourner et à revenir lentement vers la jeune femme allongée. Il regarda tristement le visage bouleversé.

— Pourquoi ces méchancetés ? s'enquit-il avec lassitude.

— Je ne les pense pas... je... j'ai si peur, Tony. Aide-moi, je t'en prie... éloigne ces horribles idées de ma pauvre tête !

Il s'agenouilla et enlaça la mince silhouette. Tandis que les bras de Candice se nouaient autour du cou de son mari et que leurs lèvres se joignaient, Dominique priait le ciel que la contrition de sa sœur ne soit pas aussi brève qu'un feu de paille.

— Nous allons dîner ensemble, proposa Tony. S'il vous plaît, Dominique, demandez qu'on nous monte deux repas. Nous mangerons de bon appétit et sablerons le champagne... mais sans biscuits... ajouta-t-il en souriant.

Soulagée, Dominique soupira. Aimait-il réellement sa femme ou se sentait-il obligé de simuler la tendresse ? Etait-ce le chagrin qui voilait son regard, ou la culpabilité ? Mon Dieu, si l'un d'entre eux pouvait se confier à elle ! Comment réussirait-elle dans le but qu'elle s'était fixé sans un minimum de coopération ?

— Je m'en occupe, répondit-elle gentiment.

Elle les laissa dans les bras l'un de l'autre, momentanément calmés...

Dominique franchissait la lourde porte qui séparait la cuisine du hall, quand Don Luigi, vêtu de sombre, émergea de la cave, portant avec la plus grande précaution une bouteille de vieux vin. Elle lui adressa un léger signe de tête et s'apprêtait à passer son chemin, lorsqu'il lui adressa la parole :

— Avez-vous prévu de dîner seule, Dominique ?

— Oui, votre frère tient compagnie à Candice.

— Je m'en doutais. Nous prendrons donc notre repas ensemble, si vous n'y voyez pas d'objection, déclara-t-il d'un ton sans réplique.

— Vous connaissez mon point de vue à ce sujet, Don Luigi, répondit-elle avec gravité. Mieux vaut que je reste à la place qu'exige ma condition d'infirmière. Vous m'avez promis...

— Non, Dominique, l'interrompit-il, je me suis seulement incliné devant votre souhait. Cependant, rien ne s'oppose à ce que nous partagions le menu de ce soir agrémenté de mon vin favori.

Il caressa amoureusement la précieuse bouteille.

— « Les larmes de Tibère »... Avez-vous entendu parler de lui ?

— Il fut un tyran romain.

La voix de la jeune fille tremblait légèrement. Etait-ce la colère de voir ses résolutions balayées sans vergogne ou la crainte de se trouver seule en compagnie de cet homme troublant ?

Les lèvres fermes de Don Luigi ébauchèrent un sourire.

— Vous aimez le vin, n'est-ce pas, ou cela fait-il partie des plaisirs qui vous sont interdits ?

— Je... je pense préférable de dîner dans ma chambre...

Elle tenta de gagner l'escalier mais un ordre impérieux la cloua sur place.

— Quand j'émets un désir dans cette maison, j'exige qu'il soit satisfait.

— Me contraindriez-vous à... à partager votre repas ?

— Exactement.

— Mais je suis encore en uniforme !

— Je vois, oui.

Il évalua Dominique du regard, semblant l'imaginer dans une toilette plus féminine.

— Je vous donne une demi-heure pour vous préparer. Est-ce suffisant ?

— Oui... mais je ne crois pas...

— Cela suffit, fit-il sèchement, vous réfléchissez un peu trop et ce n'est pas bon pour vous. De temps à autre, mettez votre cerveau en vacances et... soyez une femme comme les autres.

— Mais je ne le suis pas ! protesta-t-elle avec véhémence.

— Sottise !

— Vous connaissez pourtant mes projets !

Rouge de confusion et d'indignation, Dominique était partagée entre le désir de fuir cet homme et celui de rester pour confondre son arrogance.

— Dominique, cessez de vous torturer ainsi, s'impatienta-t-il. Je suis sûr que les bonnes religieuses de Saint-Anselme, elles-mêmes, se réjouiraient d'un verre de bon vin occasionnel. Dieu nous aurait-il donné des vignes si nous n'étions capables de jouir de leurs grappes? N'est-ce pas logique, même pour une infirmière anglaise qui a décidé pour je ne sais quelle obscure raison, qu'elle n'était pas de ces femmes dont les hommes recherchaient la compagnie?

— Quand aurez-vous fini de vous moquer de moi? attaqua-t-elle à son tour. J'ai pourtant entendu dire que vous n'aviez pas beaucoup de temps à consacrer à la gent féminine...

— Pour la majorité d'entre elles, c'est exact, reconnut-il simplement.

Il détailla la jeune fille avec une certaine insolence.

— Vous arrive-t-il de jeûner?

— Pardon? s'étonna-t-elle.

— Ou est-ce le fait de monter et descendre dix fois par jour les escaliers?

— Oh!

Elle baissa les yeux sur sa silhouette menue.

— Non, pas du tout... j'ai toujours été mince. Dans mon métier, c'est un avantage.

— Même quand il faut soulever des malades plus lourds que vous?

— Il existe une technique pour cela.

— Pourriez-vous me porter?

D'un coup d'œil, elle évalua son poids et sa taille. S'il donnait l'impression de minceur, elle avait maintes fois remarqué sa puissante musculature.

— Vous ne semblez pas être sur le point de tomber entre mes mains, se décida-t-elle à répondre devant son expression interrogative.

Il esquissa un bref sourire, puis, lui désignant l'escalier :

— Allez vite vous changer, « les larmes de Tibère » n'attendent pas.

— Mais je n'ai aucune tenue de circonstance, plaida-t-elle, le rouge aux joues.

Elle triturait nerveusement les branches de ses lunettes.

— Choisissez-en une dans la garde-robe de votre sœur, lui conseilla-t-il. Je suis certain qu'elle en possède des douzaines.

— Je ne me permettrais pas…

— Jeune fille, vous êtes sur le point de me faire perdre patience. Vous tentez par tous les moyens d'échapper à mon invitation, mais celui-ci n'est pas le bon… Mettez une jupe et un chemisier, mais pour l'amour du ciel, quittez cet uniforme… ceci est un ordre, menaça-t-il, les yeux étincelants.

— Très bien, admit-elle enfin en ébauchant un mouvement de retrait vers l'escalier. Je vous rejoins dans la salle à manger d'ici une demi-heure.

— Retrouvez-moi sous la véranda. La nuit est douce et une table y a été dressée. Y voyez-vous une objection ?

— Non…

— Votre regard dément votre réponse, Dominique, railla-t-il, et n'essayez pas de vous cacher derrière vos lunettes. Etes-vous obligée de les porter tout le temps ?

— Oui, sans elles, je suis myope comme une taupe.

— N'avez-vous jamais expérimenté des verres de contact ?

— Non, pourquoi le ferais-je ?

— Par coquetterie, comme beaucoup de femmes.

— Je… je n'ai pas cette faiblesse.

— Est-ce donc une condition indispensable à une vie de dévotion ? se moqua-t-il.

— Je ne souhaite pas discuter de cela, fit-elle avec brusquerie.

— Quelle pitié ! grommela-t-il.

— Vous même n'aimez pas parler de vous, que je sache, se défendit-elle.

Pourquoi diable n'était-elle pas restée quelques minutes de plus dans la cuisine ? Elle aurait ainsi évité cette confrontation et cette invitation incongrue ! Dîner ainsi, en présence de cet homme, dans la pergola, l'un des endroits les plus délicieux du jardin !

— Aimeriez-vous être ma confidente ?

— Non, bien sûr que non !

— Non ?

Son visage revêtit une expression dubitative.

— J'ai pourtant le sentiment que vous désireriez en savoir davantage à mon sujet.

— Quelle erreur !

— La curiosité, surtout quand elle se manifeste à propos des hommes, ne fait-elle pas partie intégrante de l'éternel féminin ? Allez, Dominique, vous n'avez pas encore bouclé votre ceinture de chasteté… !

— Vous… vous ne me prenez pas au sérieux, n'est-ce pas, Don Luigi ?

— Vous représentez un mystère pour moi, rectifia-t-il doucement.

Le pouls de Dominique s'accéléra de façon alarmante.

— Pourquoi donc ? s'enquit-elle vivement. N'avez-vous pas comme moi renoncé au mariage ?

— Si.

Une dangereuse petite flamme apparut dans les yeux sombres de Don Luigi.

— Allez, dit-il, habillez-vous d'une toilette un peu moins stricte et rejoignez-moi. Je vous attends.

Quand, après avoir frappé, Dominique pénétra dans la chambre de Candice, elle trouva sa sœur et Tony manifestement heureux d'être ensemble.

— Tout va bien ? s'enquit-elle.

— Merveilleusement bien, lui assura Tony. Allez dîner sans soucis.

La jeune fille esquissa un sourire qui s'effaça peu après lorsqu'elle examina sa pauvre garde-robe. En désespoir de cause, elle opta pour une jupe grise et un chemisier blanc dont la dentelle pouvait éventuellement satisfaire le souhait de fantaisie manifesté par Don

Luigi. Baignée et habillée, les cheveux enserrés dans un ruban de velours noir, elle affichait un calme trompeur. Elle sortit et prit le chemin de la pergola, longeant le mur couvert de roses sauvages.

Une table pour deux était dressée à l'ombre des eucalyptus. L'argenterie et les cristaux étincelaient sur la nappe de linon blanc et l'on percevait le clapotis de l'eau qui jaillissait de la fontaine proche. D'invisibles cigales stridulaient dans les cyprès odorants dont le parfum se mêlait à celui des roses, des myrtes et des magnolias en fleurs. Des poissons glissaient dans un bassin en pierre bordé de lys sauvages. De gracieux réverbères en fer forgé, aux entrelacs délicats, éclairaient la scène.

Devant l'indéniable romantisme de ce cadre idyllique, Dominique fut prise de panique et résista difficilement à l'envie de fuir à toutes jambes... Que faisait-elle ici, dans cette débauche de fleurs, seule avec ce bel Italien ?

— Ah, vous voilà enfin Dominique !

Don Luigi sortit de l'ombre des arbres et la lumière des lanternes sculpta les contours hardis de ses traits énergiques. Il la dominait de sa haute silhouette sombre et Dominique frémit de tout son être, sensible au danger qu'il représentait pour elle.

Il l'examina de la coiffure stricte, peu seyante, à la pointe des chaussures plates, classiques et sans élégance.

— Par tous les diables, grommela-t-il, vous réussissez toujours à avoir l'air d'une infirmière !

— Mais j'en suis une, riposta-t-elle avec véhémence. Si vous désiriez la compagnie d'une jeune femme affriolante, ça n'était pas moi qu'il fallait convier.

— Je vous ai invitée car tel est mon bon plaisir, rétorqua-t-il vivement et vous manquez de séduction car tel est le vôtre !

— Je ne peux offrir ce que je ne possède pas, répondit-elle du tac au tac, les lèvres tremblantes. De plus, il faut du temps et de l'argent pour ce genre de choses et j'emploie mon énergie à des activités plus importantes.

— Votre profession n'est pas très bien rémunérée, je suppose ?

— Ce n'est pas mon but, reconnut-elle fièrement.

— Quel est-il alors, petite fille ?

— Je ne suis pas une petite fille, protesta-t-elle.

— Si, en quelque sorte... mais qu'attendez-vous des gens si ce n'est l'ingratitude ?

— L'immense satisfaction d'une guérison... un visage au teint blafard qui retrouve l'éclat de la santé... la vivacité d'un regard qui reprend goût à la vie... ! Et la récompense n'a pas de prix lorsqu'il s'agit d'êtres sans défense !

— Vous êtes-vous donc occupée d'enfants ? demanda-t-il avec intérêt.

— Oui, dans un service spécialisé, peu après avoir obtenu mon diplôme. C'est un travail déprimant, car il s'agit de bébés malformés qui ont peu de chances de survie. J'ai dû abandonné ce poste, je ne pouvais supporter de voir s'éteindre ces créatures fragiles auxquels je m'étais profondément attachée.

— Je vois Dominique que vos expériences sont multiples et variées.

— Oui, et elles me serviront auprès de ma sœur.

— Chaque jour de notre vie nous apporte une leçon, n'est-ce pas ?

— Bien sûr, surtout si nous les apprenons avec notre sensibilité.

— Manifestement, votre cœur les a retenues, remarqua-t-il pensivement.

— Je fais de mon mieux, fit-elle modestement.

Détachant son regard du troublant visage, elle parcourut la pergola des yeux.

— Quel endroit merveilleux, surtout la nuit ! Y mangez-vous souvent ? l'interrogea-t-elle.

— Quand mon humeur m'y invite.

Il lui avança une chaise.

— Prenez place, je vous prie, Dominique.

Elle s'assit, réceptive malgré elle à la séduction virile qui émanait de cet homme, au parfum mêlé de tabac et d'après-rasage qui l'étourdissaient et la privaient de sa lucidité.

— Prendrez-vous un peu de vin? murmura-t-il.

— Ai-je le choix?

— Non, pas vraiment...

Il prit délicatement la bouteille, enleva le bouchon et versa doucement le liquide couleur rubis dans deux verres de cristal d'une exquise finesse. Don Luigi, d'apparence si rude, était sensible à la beauté sous toutes ses formes. Etait-ce la raison de son attirance pour Sofia? Avaient-ils dîné ensemble sous les eucalyptus? S'étaient-ils enivrés des senteurs des myrtes, des lys et des zinnias? Avaient-ils savouré de concert les « larmes de Tibère »?

Il lui tendit un verre.

— Merci...

— A quoi buvons-nous? demanda-t-il.

— A la guérison de ma sœur, proposa impulsivement Dominique.

— Qu'il soit fait selon vos désirs, Dominique! portons un toast à la santé de Candice, à l'usage de ses jambes enfin retrouvé et à sa joie d'entrer à nouveau dans la danse...!

Ces mots, prononcés d'une voix chaude aux inflexions profondes, touchèrent profondément la jeune fille. Muette, elle plongea son regard dans celui de son compagnon et, ils restèrent ainsi, enchaînés l'un à l'autre, durant quelques secondes qui eurent valeur d'éternité.

Tous deux trempèrent leurs lèvres dans le vin ambré. Que pensait-il donc de cette frêle jeune fille sans attrait particulier, vêtue de vêtements simples et qui avait pour tout bijou, une montre chromée?

— Quelle gravité dans vos yeux, Dominique, se moqua-t-il gentiment. Je pensais que l'alcool faisait briller les prunelles des femmes?

— J'ai bien peur qu'il n'ait sur moi aucun effet de ce genre.

— Vous êtes-vous parfois laissé aller au plaisir de la fête, ou avez-vous toujours vécu dans l'ombre de votre sœur?

— Non... pas du tout!

— Est-ce bien vrai?

— Mais oui.

— Inconsciemment, peut-être?

— Candice possède tous les atouts de la beauté. Pourquoi tenterais-je de rivaliser avec elle? C'est d'ailleurs sans intérêt pour moi. Nous avons elle et moi des goûts différents.

— Etre assise au chevet d'un malade est votre seule préoccupation, n'est-ce pas? Avez-vous jamais pensé à vous amuser?

— Oh si, bien sûr!

— Avec un jeune homme?

Rougissante, elle secoua la tête en signe de dénégation

— Vous savez bien que non. Je me distrais à ma façon... j'écoute de la musique, je lis un bon livre, je me promène. Un homme ne m'est pas indispensable.

— C'est un point de vue peu fréquent.

— Vous-même, Don Luigi, recherchez-vous la compagnie des femmes pour jouir de la vie?

— J'ai connu ce bonheur.

Baissant les yeux, Dominique se tut. Profitant du silence, un domestique amena une table roulante et disposa les plats avec zèle: un melon au jambon de Parme, suivi de macaronis aux truffes et enfin, une poire « belle hélène » fondante à souhait.

Durant le repas, Don Luigi parla de mille choses, mais Dominique sentait confusément qu'il attendait que la table soit desservie pour aborder des sujets plus personnels. On apporta enfin un café à l'arôme subtil, accompagné de tuiles aux amandes.

— Venez et installez-vous ici, déclara-t-il alors.

Il lui désigna une chaise longue placée près du bassin. Le pouls de la jeune fille s'accéléra et elle chercha une excuse pour regagner le chevet de Candice. Il lut dans ses pensées avec une déconcertante rapidité.

— Votre sœur est avec son mari et tout va bien. Asseyez-vous donc.

Lui obéissant, elle prit place sur le bord extrême du siège.

— Pas ainsi ! s'impatienta-t-il.

D'un mouvement prompt, il lui attrapa les jambes qu'il allongea sur le coussin et l'obligea avec fermeté à incliner son buste contre le dossier.

— Quelle obstinée vous faites ! s'exclama-t-il. Restez ici, je vais vous servir.

Dominique se sentait ridicule. Elle n'osa pas bouger et accepta avec gêne la tasse qu'il lui tendait en fronçant les sourcils.

— Je vous en supplie, relaxez-vous ! Vous êtes nerveuse comme un petit chien blanc que j'avais lorsque j'étais enfant. Il avait les yeux brillants et sa fourrure était aussi claire et soyeuse que vos cheveux.

Dominique ne sut que répondre à cette remarque spontanée. Venait-elle d'une ressemblance avec sa propre innocence ? Elle devenait, à son corps défendant, le miroir qui reflétait les souvenirs de son compagnon : cela allait de la tendresse qu'il portait à son jeune fox à celle qu'il vouait à une femme nommée Sofia.

Cette révélation la remplit de confusion. Peu accoutumée à être seule en présence d'un homme, elle perdait la belle assurance qu'elle manifestait en face de ses malades.

Don Luigi gagna l'autre chaise longue et s'y installa confortablement. Elle l'entendit soupirer, les yeux levés vers les étoiles.

— Son poil était aussi doux que la soie, murmura-t-il. Il me suivait partout mais un jour, il disparut. Mon père m'expliqua qu'il était probablement parti à la recherche d'une femelle et qu'il ne reviendrait pas. Le temps passa et le chien ne reparut pas. J'ai beaucoup pleuré sur la disparition de cet ami aux yeux brûlant d'un amour qui, je le croyais, m'était destiné.

Les mots s'évanouirent dans l'obscurité parfumée. Puis, Don Luigi alluma un cigare et la flamme éclaira un instant son profil énergique. La fumée monta et se mêla aux senteurs des roses et des eucalyptus.

Une brise légère se leva et caressa de ses doigts invisibles la nuque de Dominique. Elle frissonna, effrayée par une pensée qu'elle n'osait avouer.

— Dominique, vous avez le don d'éveiller chez moi des souvenirs qu'habituellement je ne dévoile pas, observa rêveusement Don Luigi.

— Quoi de plus normal que le chagrin d'un enfant qui a perdu son compagnon ?

— Ce furent mes dernières larmes.

— N'avez-vous pas pleuré sur… ?

Elle s'interrompit vivement, hésitant à prononcer un nom, comme si elle redoutait d'aller plus loin.

— Sofia ?

— Pardon. Je n'avais pas l'intention d'être indiscrète.

— Aucune importance, répondit-il sombrement. Je suppose que Candice vous a informée que j'étais sur le point de l'épouser ?

— Oui, en effet.

— Ma fiancée venait de Vicovaro, le pays des jolies femmes, dit-on. Sa beauté ne faisait d'ailleurs aucun doute. Il y a quelques jours, vous m'avez parlé d'une coutume italienne qui consiste à arranger des mariages et je n'ai rien démenti. Cette tradition existe, Dominique, et cela entre en vigueur dès que les enfants sont à l'école. Ce fut le cas pour moi. Mon père souhaitait que je devinsse l'époux de Sofia di Cenzo, alors âgée de six ans, car les deux familles désiraient allier la maison des Romanos et celle des Cenzo. Mes parents décédés, je restai fidèle à leur cœur et demandai la main de Sofia.

Il tirait violèmment sur son cigare dont le bout rougeoyait comme un œil en colère. Il ne pouvait dominer sa fureur, pensa-t-elle, quand il évoquait la perte de la ravissante Sofia.

— A quoi songez-vous ? demanda-t-il. Trouvez-vous que mon histoire ressemble à celle de Dante et de Béatrice ?

— Non, j'imaginais seulement votre tristesse.

— Vous êtes vraiment un être d'une extrême sensibilité !

— Comme vous avez dû souffrir quand elle est morte !

— Fou, Dominique, j'étais fou, c'est le terme qui convient.

— Oui... je vois. Fou de douleur contre le destin qui...

— Le destin !

Il éclata d'un rire sauvage.

— Quelle innocente vous êtes ! Mais nous forgeons nous-mêmes notre destin et c'est ce que vous faites lorsque vous envisagez de prendre le voile. Forte de cette résolution, vous suivez une route qui s'éloigne de tout romantisme et choisissez de brûler au feu sacré de l'abstinence. Je me demande si ces flammes dispensent réellement un peu de chaleur ?

— Probablement autant que le confort glacial de votre... votre misogynie.

— Encore un bruit qui court, n'est-ce pas ? Est-ce à quoi vous même et votre sœur passez vos nuits, discuter de moi ? railla-t-il.

— Comment pouvez-vous croire... protesta-t-elle en

rougissant jusqu'à la racine des cheveux. Vous considérez-vous comme un personnage si important que nous parlions de vous pendant des heures ?

— Vous ne prononcez jamais notre nom ?

— Si... parfois, admit-elle avec gêne.

Il rit doucement.

— Avez-vous déjà imaginé le degré de la passion que votre sœur éprouve pour mon frère ?

— Non...

— Le mensonge est un vilain péché, ironisa-t-il. Si vous êtes capable d'écouter les commérages à propos d'un homme, vous devez vous intéresser également à l'émotion ressentie par une femme dans des bras masculins ? Qui a bien pu vous mettre dans la tête de rejeter l'amour de votre vie ? Est-ce à vos yeux un sentiment suspect à l'odeur de soufre ?

— Bien sûr que non !

Le regard de Dominique fut soudain attiré par l'éclat d'une étoile filante.

— Oh, regardez ! s'écria-t-elle.

— N'éludez pas ma question, Dominique. Je ne pense pas que vous soyez une fanatique de la religion, pas plus que je vous imagine faire vos dévotions. Vous croyez-vous incapable d'éveiller l'amour ?

La question bouleversa la jeune fille dans ce qu'elle avait de plus secret. Comment avait-il deviné ? Puis la vérité éclata brutalement. Il savait parce qu'il la voyait telle qu'elle était, une fille sans grâce, dépourvue de tout attrait sensuel. Remontant le cours de ses souvenirs, elle revit les regards amoureux que les jeunes gens jetaient à Candice, pour le plus grand plaisir de cette dernière.

— Je me considère plus utile qu'un objet décoratif, Don Luigi, déclara-t-elle froidement. Lorsque nous étions petites, les autres enfants me trouvaient un physique amusant en comparaison de la beauté de Candice. Tels la chouette et le chaton.

— Pauvre petite fille !

— Mais non, voyons, insista-t-elle avec un petit rire. J'étais affublée de lunettes et mon drôle de nez retroussé était toujours plongé dans les livres. J'étais différente de ma sœur et m'en rendais parfaitement compte. Elle était tissée dans la soie et moi dans la toile. Elle était la galette au beurre et moi le pain.

— Vous avez de l'humour. Mais toutes les filles ne s'imaginent-elles pas être un mélange de douceurs et d'épices ?

— Il m'importe peu d'être assimilée à un hibou. S'il est comique d'aspect, n'est-il pas empreint de sagesse ?

— Et vous d'un étonnant bon sens, je vous l'accorde. Mais bien que vous me regardiez avec vos grands yeux lumineux, je sais que contrairement à ces sauvages petites créatures, vous ne me voyez pas en ce moment, la taquina-t-il en souriant.

— Vous m'avez dit un jour que vous auriez aimé les sculpter. Avez-vous tenté de le faire ?

— Non, bien que j'y aie déjà songé.

— Vous devriez essayer, Don Luigi. Il faut toujours exploiter ses talents.

— Comme vous le don de soigner ?

— Oui, j'ai toujours su que je serais une bonne infirmière, fit-elle simplement.

— Alors pourquoi ne pas vous en contenter ?

Il la regarda droit dans les yeux.

— Pourquoi cette recherche d'absolu, poursuivit-il, d'abnégation totale au sein d'une communauté religieuse, si vous ne pensez pas que la tendresse entre un homme et une femme soit un sentiment profane ? Vous ne le condamnez pas, n'est-ce pas ?

— Je n'y ai jamais pensé.

— Pour quelle raison ?

— Je...

— Cela vous fait-il peur ? insista-t-il.

— Non...

— Si pourtant ! Vous avez grandi avec la certitude que pour attirer l'amour, il fallait ressembler à Candice. Vous avez senti l'indulgence que sa beauté provoquait chez les professeurs et l'admiration que lui portaient ses amies. Puis, plus tard, les jeunes gens qui n'avaient de cesse de la courtiser. Vous étiez la spectatrice de l'ombre...

— Je... mais je n'ai jamais envié Candice, protesta Dominique. Elle était plus mondaine que moi et, l'aurais-je voulu, je n'aurais pas pu l'imiter. De quoi aurais-je eu l'air, toute maquillée et sortant, vêtue comme une princesse, pour aller danser ? Candice est séduisante, moi pas.

— Vous possédez la bonté, Dominique, dit-il presque brusquement, l'authentique gentillesse qui n'exige rien en retour. Ne la laissez pas vous égarer.

— Je ne vous suis pas, Don Luigi.

— Etre charitable et être pieuse sont deux choses différentes. J'ai été élevé chez les Jésuites, ce qui est courant chez les Italiens et, croyez-moi, la baguette était de rigueur dans le collège. La vie monastique a des exigences qui forgent la personnalité.

— Dans le sens de l'abnégation, sans doute ?

— Bien sûr ! répondit-il, une intonation moqueuse dans la voix.

— La misogynie n'est-elle pas une forme de renonciation ?

— Vous semblez persuadée que je le suis ?

— C'est ce que tout le monde pense, fit-elle.

— Le croyez-vous aussi, Dominique ?

— Je... je ne vous connais pas suffisamment pour pouvoir juger.

— Eh bien non, je ne le suis pas, mais j'ai décidé de ne pas me marier, tout comme vous !

— C'est vrai.

— Ainsi, vous n'avez pas un cœur de pierre mais vous avez choisi de n'être ni épouse ni mère de famille.

— Une femme, ne peut l'être que si on le lui demande.

— Ainsi vous pensez que personne ne vous sollicitera ?

— J'ai vingt-cinq ans, répondit-elle avec un sourire un peu triste, et nul ne m'a jamais embrassée.

Un silence suivit la confession de Dominique, uniquement troublé par le crissement des cigales et le bruissement des feuilles agitées par le vent de la nuit.

— Comme vous dites cela, Dominique !

Dominique sentit son regard surpris tourné vers elle.

— Ce n'est pas tragique, murmura-t-elle.

— Pour certains si.

— Comme Candy.

— Mais ni pour vous, ni pour moi ?

— Certainement pas pour moi.

Dominique sentit la rougeur lui monter aux joues et bénit l'ombre qui la cachait aux yeux de son compagnon.

— Etes-vous intéressée par la technique du baiser ? lança-t-il à brûle-pourpoint.

— Non, pas du tout, rétorqua-t-elle vivement.

Elle jeta un coup d'œil à sa montre.

— Il est vraiment temps que je rentre.

— Vous partirez quand je le souhaiterai, rétorqua-t-il avec autorité. Répondez-moi : avez-vous jamais désiré être bercée dans les bras d'un homme et embrassée jusqu'à en perdre conscience ?

— Je vous en prie, je ne souhaite pas discuter de cela, brebouilla-t-elle en tentant de se lever.

— Si vous osez quitter ce siège, Dominique, vous découvrirez que j'arrive très souvent à mes fins. Je veux connaître exactement ce qui se cache derrière votre apparente vertu. Vous m'intriguez, c'est tout.

— Quelle importance de savoir qui se suis tant que je m'acquitte de ma tâche d'infirmière ?

— N'êtes-vous pas une parente de mon frère et, à cet égard, n'ai-je pas le droit de vous cerner un peu ?

— A titre professionnel, oui. Mais ma qualité de belle-sœur de Tony ne vous autorise pas à vous immiscer ainsi dans ma vie privée !

— Loin de moi cette pensée.

— Comment ! Vous n'hésitez même pas à me menacer lorsque je parle de rejoindre ma sœur.

— Des menaces ! ronronna-t-il, alors que je vous suggère simplement de vous relaxer et d'être un peu plus sociable…

— Je ne parviendrai jamais à me détendre en votre présence, pas plus que je ne vous permettrai de me poser des questions insidieuses.

— Pourtant quelque chose en vous pousse à la curiosité, Dominique

— Ce n'est plus de la curiosité, mais de l'inquisition ! attaqua-t-elle. Comment une femme peut-elle ainsi perdre le contrôle d'elle-même pour attiser le désir d'un homme ? poursuivit-elle rêveusement.

— N'avez-vous jamais ressenti cela ?

— Jamais.

— Lorsque votre sœur se faisait belle pour aller danser au bras d'un de ses nombreux admirateurs, ne vous êtes-vous pas demandé pourquoi ils s'empressaient autour d'elle alors qu'ils semblaient ne pas vous voir ?

Dominique le regarda dans la lumière diffuse des lanternes et son visage lui sembla empreint de cruauté.

— Que vous importe ? lâcha-t-elle en étouffant un sanglot. Dois-je vraiment vous répondre ?

— Dites-moi.

— J'éprouvais une sorte de… de tristesse.

C'était vrai. Les souvenirs affluaient maintenant. Elle se tenait à la porte de l'appartement, voyant la rieuse Candy dévaler les escaliers et s'engouffrer dans la voiture d'un jeune homme. Elle n'ignorait pas que sitôt passé le virage, Candice se blottirait dans les bras masculins et se laisserait embrasser. Elle n'était pas envieuse, certes, mais souffrait d'une sorte de vide qu'elle s'était employée à combler avec son travail jusqu'à devenir une infirmière accomplie.

— Je ne suis pas une femme séduisante, Don Luigi, conclut-elle humblement. Je dois vivre avec cette certitude et m'y accoutumer. Mais, bien sûr, c'est moins facile à accepter lorsqu'on est jeune.

— Cette beauté n'est-elle pas superficielle ?

— Je vous en prie, ne croyez pas que je sois jalouse de Candice, s'inquiéta-t-elle.

— Je ne le pense pas !

— Pourquoi me questionnez-vous ainsi ? J'ai l'impression que vous tentez de me prouver que je suis une vieille fille aigrie et remplie d'amertume.

— En aucune façon.

Dominique était complètement désorientée.

— Je suis telle que je parais, je n'ai aucun secret à cacher.

— J'en suis tout à fait persuadé.

— Vous semblez désappointé ?

— Je me demande…

— Si j'ai un sinistre passé que vous pourriez découvrir ?

— Cessez de parler comme si vous ne possédiez pas une once de séduction. Certaines femmes laides de l'histoire ont eu des amoureux que de grandes beautés ne réussirent pas à conquérir. Des glaciers cachent parfois des volcans dans leur flanc.

— Qu'insinuez-vous, s'exclama-t-elle en rougissant de honte, je n'ai même jamais regardé un homme !

— Je l'ai noté.

— Alors, comment pouvez-vous…

— Mon Dieu, l'interrompit-il, amusé, que vous êtes innocente !

— Oh… A présent, je regagne ma chambre et n'essayez pas de m'en empêcher.

Dominique sauta sur ses pieds et s'enfuit, suivie par l'éclat du rire de Don Luigi.

Elle éprouvait une étrange sensation. Etait-ce le chagrin ? Soudain, elle heurta une ombre dissimulée derrière la pergola.

— Pardon ! s'exclama la jeune fille.

Des yeux noirs et froids l'examinèrent de haut en bas, mais Malina ne souffla mot et tourna simplement les yeux vers l'endroit où se tenait Don Luigi.

Tremblante, Dominique gravit les escaliers en toute hâte. Elle passa sans s'arrêter devant la chambre de sa sœur et s'engouffra dans la sienne. Ne devait-elle pas retrouver la maîtrise d'elle-même avant de rejoindre Candice ? Elle s'obligea à respirer lentement mais ses jambes étaient encore faibles lorsqu'elle s'approcha du miroir et découvrit son propre reflet, tel que Malina l'avait aperçu. De grands yeux gris assombris par la confusion… les cheveux décoiffés par le coussin sur lequel elle s'était appuyée… les pommettes rouges et enflammées !

Pourquoi donc avait-elle confessé à Don Luigi qu'aucun homme ne l'avait jamais tenue dans ses bras ?

S'examinant sans complaisance, elle eut soudain un sursaut de honte en découvrant la bouleversante et mortifiante réponse.

Elle n'avait jamais désiré être embrassée par aucun homme… mais cet homme-là ?

A présent qu'elle lui avait fait cet aveu ridicule, à quoi penserait-il lorsqu'il la rencontrerait ?

Elle haussa les épaules avec lassitude. Quelle dérision ! Comme si un homme pouvait avoir envie d'elle… Ils n'aimaient que les filles attirantes, gaies et pulpeuses comme sa sœur…

Après tout… n'était-elle pas habituée depuis longtemps à cette situation ? Elle avait largement passé l'âge de l'adolescence où la solitude blesse... ! Pourquoi avait-il réveillé cette meurtrissure courageusement refoulée depuis tant d'années ?

4

Depuis qu'elle exerçait la profession d'infirmière, Dominique avait développé une sorte de perception extra-sensorielle, lorsqu'un malade avait besoin d'elle.

Ce réveil soudain, dans la nuit, au plus profond de son sommeil, par un coup frappé à sa porte... qui s'ouvrait presque immédiatement... la lumière du couloir qui dessinait les contours d'une haute silhouette familière...

— Que se passe-t-il ?

Elle s'assit sur son lit et alluma sa lampe de chevet, tandis que Don Luigi se dirigeait vers elle.

— Venez vite voir Candice, expliqua-t-il brièvement, elle semble très mal.

Le cœur serré par l'anxiété, Dominique rejeta la couverture et bondit. Elle attrapa le déshabillé qu'il lui tendait et, tout en l'enfilant, courut vers l'appartement de sa sœur.

La veille, Candice était en pleine forme lorsque Dominique était passée lui souhaiter une bonne nuit. Tony avait passé la soirée avec elle, aussi, lorsque Dominique avait trouvé son pouls un peu rapide, elle avait mis cela sur le compte de l'émotion provoquée par la présence de son mari.

La jeune femme qu'elle avait laissée, calme et reposée quelques heures avant, n'avait aucune ressemblance avec celle qu'elle retrouvait maintenant. Son corps tendu par la souffrance, les cheveux emmêlés et trempés de sueur, le visage décomposé et les dents serrées... !

— A-t-on appelé le docteur ? s'inquiéta-t-elle.

Comme toute bonne infirmière, elle tenta de maîtriser sa panique, mais aujourd'hui, la survie de sa propre sœur était en jeu et l'effort était surhumain. Le ventre douloureux de la jeune femme pouvait avoir plusieurs causes mais Dominique élimina immédiatement l'appendice car Candice en avait subi l'ablation à l'âge de onze ans.

La jeune femme avait des haut-le-cœur et ses yeux se révulsaient.

— Faites quelque chose, gémit Tony à l'attention de Dominique... une piqûre pour calmer sa souffrance...

— Je ne peux pas tant que je ne connais pas l'origine de...

Elle s'interrompit, regardant son beau-frère dans une sorte de brouillard car, dans sa hâte, elle avait oublié ses lunettes. Soudain, elle se souvint d'un cas similaire dont elle s'était occupée, l'année précédente. Il s'agissait d'un empoisonnement provoqué par du poisson fumé.

— Tony, Candy a-t-elle mangé des langoustines ce soir ? s'enquit-elle.

Totalement choqué par l'état de sa femme, il resta un instant muet.

— Oui... oui, je pense que oui... mais moi aussi et je ne suis pas malade.

— Il suffit qu'une seule soit mauvaise.

Elle se tourna vers sa sœur et, sans hésitation, introduisit ses doigts dans la gorge de Candice. Celle-ci hoqueta et rejeta son repas dans la cuvette que Don Luigi lui présentait après l'avoir enlevée des mains de la domestique qui avait donné l'alarme.

Dominique s'adressa à cette dernière.

— Vite, apportez-moi du lait et une théière.

La fille la regarda d'un air hébété et Don Luigi renouvela sèchement l'ordre donné.

— Obéissez à l'infirmière et, rapidement.

— Oui monsieur, dit-elle enfin en sortant précipitamment de la pièce.

Don Luigi intercepta le regard de Dominique.

— Pensez-vous à un empoisonnement provoqué par un crustacé ?

— Possible, je ne peux l'affirmer sans l'avis du médecin, mais elle en présente tous les symptômes.

Elle s'interrompit, soudain consciente d'une présence à la porte de la chambre. Elle se retourna, écarta une mèche de cheveux de ses yeux et devina plus qu'elle ne la vit réellement, qu'il s'agissait de Malina.

— Antonio, que veut dire tout ceci ? demanda cette dernière en traversant la chambre. Pourquoi n'ai-je pas été réveillée, je pouvais vous aider !

— Parce que l'infirmière, c'est moi, répondit sèchement Dominique.

Ses nerfs étaient à vif et elle se retint d'ajouter : « et que vous n'êtes que la nourrice. »

— Nous nous débrouillons très bien, déclara calmement Don Luigi.

Il souleva avec force le corps agité de soubresauts de Candice. Etrange que ce soit lui qui apporte son aide à Dominique tandis que Tony se tenait là, l'air ahuri, complètement inefficace...

— Malina, poursuivit-il, emmenez mon frère, préparez-lui une tasse de café et dites à la servante de monter rapidement le lait.

— Du lait ? et pourquoi donc...

— Ne vous occupez pas de cela et laissez moi faire mon travail.

Impuissante à soulager sa sœur, la voix de Dominique trahissait son inquiétude.

— C'est un antidote et je pense qua Candy a été empoisonnée par... quelque chose... !

Les mots résonnèrent dans la pièce comme une accusation, tandis que Candice tremblait dans les bras de son beau-frère. La domestique arriva enfin et Dominique lui arracha la théière des mains, y versa un peu de lait et, s'asseyant de l'autre côté de la jeune femme, tenta d'en introduire le bec entre les dents serrées de sa sœur.

— Bois, je t'en prie, supplia-t-elle, ça te soulagera.

Mais Candice détourna la tête en murmurant :

— Je me sens mal... je vais mourir...

— Je t'en supplie... essaye..., lui intima-t-elle avec fermeté...

— Je ne peux pas...

Le liquide coulait sur le menton de la jeune femme.

— Allons, faites ce que l'on vous dit, intervint sévèrement Don Luigi... c'est pour votre bien.

— Je souffre... Oh, je souffre tant ! sanglota-t-elle. Nicky... j'ai si mal...

— Je sais ma chérie, mais je t'en conjure, penche la tête et aie confiance en moi.

Dominique parvint à enfoncer le bout du récipient et un peu de lait coula dans la gorge de sa sœur.

Elle avait encore un léger doute sur le mal qui tourmentait Candice. Pourtant la transpiration, la douleur, les marbrures de la peau, tous les symptômes concordaient : c'était sûrement un empoisonnement et Candice avait mangé des langoustines au repas.

— Remplissez le pot, demanda-t-elle à la servante.

Elle nota brièvement que Malina avait quitté la chambre et que Tony était affalé dans un fauteuil, regardant sa femme d'un air hébété.

En raison de sa myopie, elle ne pouvait distinguer nettement son expression, mais elle sentait qu'il était au bord du désespoir.

— Tout va s'arranger, déclara-t-elle à son intention. Nous avons la situation en main et le docteur ne va plus tarder maintenant.

— Pourquoi cela ne m'est-il pas arrivé plutôt qu'à elle, bredouilla-t-il. Quelle incroyable malchance. Pensez-vous réellement qu'elle a avalé quelque chose de mauvais ?

— J'en suis presque certaine. Je vous serais reconnaissante de me monter un peu de glace.

— De la glace ? Oui, bien sûr...

Tony bondit sur ses pieds, presque soulagé d'avoir une excuse pour quitter la pièce. Décidément, pensat-elle, Don Luigi et son frère étaient aussi différents qu'elle et sa sœur ! D'un côté le charme, de l'autre l'énergie. Sous l'apparente dureté de Don Luigi se cachait un sens profond de dévouement. De sa longue main brune, il écarta les cheveux de Candice, tandis que Dominique tentait à nouveau de lui faire ingurgiter un peu de liquide. Le peu que la jeune femme prenait aurait un effet bienfaisant et permettrait d'attendre l'arrivée du médecin.

Dix minutes plus tard, il était là et confirma le diagnostic de Dominique.

— Un lavage d'estomac est inutile, conclut-il. Mais je vais lui administrer un médicament qui accélérera l'élimination du poison et la fera transpirer.

Dominique hocha la tête et se tourna vers Don Luigi qui se dirigeait vers la porte.

— Vous avez été merveilleux pour Candy, déclarat-elle simplement. Merci... merci infiniment.

— J'espère l'être encore pour quiconque a besoin de moi, répondit-il en plongeant son regard dans les grands yeux gris de la jeune fille. Désirez-vous une tasse de café chaud ?

— Oh, une tasse de thé me ferait grand plaisir, c'est une bonne idée.

Il haussa les sourcils.

— Du thé, bien sûr... j'oubliais que c'était la panacée britannique en période troublée, n'est-ce pas ?

Elle sourit en acquiesçant et Don Luigi gagna le couloir, majestueuse silhouette drapée dans sa sévère robe de chambre. Il s'était révélé calme devant la situation et compétent en face de la maladie. Quelle différence avec le sardonique inquisiteur qu'il s'était montré quelques heures auparavant !

L'aube pointait déjà lorsque Candice se sentit un peu mieux. Le poison avait été éliminé et elle reposait entre ses draps frais.

Le docteur Pasquale boucla la fermeture de sa trousse et appela Dominique à ses côtés.

— Je pense que la jeune femme est à présent sortie d'affaire, dit-il. Mais si son état s'aggravait, n'hésitez pas à me contacter. Sans votre intervention rapide, elle serait actuellement au plus mal. Vous aimez votre métier, n'est-ce pas ?

— Mon métier et ma sœur.

Dominique tourna les yeux vers le lit où Candice se remettait des épreuves qu'elle venait de traverser.

— Elle respirait la santé et la joie de vivre. Ce n'est pas juste... Oh, je ne peux m'empêcher de blâmer son mari pour tout ce qui lui arrive ! Il est si... si faible !

— Il est effectivement très différent de son frère, reconnut le médecin. Une si ravissante personne, un peu trop jolie, peut-être ?

Dominique hocha la tête. Candice avait besoin de stabilité pour compenser le côté léger et primesautier de sa nature. Pourtant, elle s'était attachée à un homme qui lui ressemblait. C'était ainsi, il fallait s'en accommoder ! Mais à présent, Dominique était trop épuisée pour y penser. Ses yeux gris se cernaient de fatigue et d'inquiétude et son dos la faisait souffrir.

— Où est le jeune homme ?

Il porta sur le visage de Dominique un regard professionnel.

— Je l'ai envoyé fumer un cigare pendant que je lavais ma sœur, répondit-elle. Il allait et venait comme un ours en cage.

— Bon. Je vais le chercher. C'est à lui maintenant de veiller sur sa femme pendant que vous prenez un peu de repos, mademoiselle. Vous ne serez plus capable de soigner votre patiente, si vous-même tombez malade, c'est bien compris ?

Elle acquiesça. Le docteur avait raison. Candice allait beaucoup mieux et une présence à son chevet suffirait. Elle-même méritait bien quelques heures de repos.

— Docteur Pasquale ?

— Oui, mademoiselle ?

Il se tourna vers elle. C'était un homme solide au regard bienveillant qui contrastait avec ses manières un peu rudes. Le type même du médecin de famille comme on en rencontrait en Angleterre.

— Etait-ce un empoisonnement provoqué par du poisson ?

— Je le pense, oui. Dans son état, votre sœur est plus fragile qu'une autre. Est-elle sujette à ce genre de malaise ?

Dominique secoua la tête.

— Candice a toujours eu un excellent appétit et rien, même les repas les plus lourds, ne l'incommodait. Lorsque nous étions en pension, elle était beaucoup moins souvent malade que moi. Lorsqu'elle sortait pour danser toute la nuit, elle n'était jamais fatiguée. Comment une telle vitalité peut-elle disparaître ainsi du jour au lendemain ? Je suis consternée ! Nous avions fait de réels progrès et maintenant... tout est à recommencer... !

Des grosses larmes voilèrent le regard de Dominique. Des larmes longtemps retenues, causées par la fatigue et la déception. Paternel, le médecin lui entoura les épaules d'un geste apaisant.

— Ne perdez pas courage, mademoiselle. Vous n'avez pas un tempérament à vous laisser abattre au premier obstacle. Votre sœur est entre de bonnes mains, les vôtres et celles de Don Luigi. Cet homme possède plus de sérieux que de charme, n'est-ce pas ? Faites lui confiance.

Le docteur Pasquale savait ce dont il parlait. N'était-il pas déjà médecin de la famille à l'époque où la future épouse de Don Luigi était décédée ?

— Il est beaucoup plus gentil que je ne le pensais, murmura pensivement la jeune fille.

— Oui, l'eau la plus limpide ne coule-t-elle pas au plus profond de la terre et l'or le plus pur, au plus profond de la roche ? Don Luigi semble intolérant et dur, mais je ne connais aucun viticulteur ou fermier à San Sabina qui n'ait quelque raison de lui être reconnaissant. Il a fait de cette région de vignes et de cultures, une coopérative de production, se heurtant pour y parvenir aux autres propriétaires réactionnaires et jaloux de leurs prérogatives. Don Luigi estimait à juste titre que chacun doit recueillir les fruits de son travail.

— Et avec les femmes ? demanda malgré elle Dominique.

Le praticien l'observa avec curiosité.

— Vous comprenez mal son comportement envers elles, n'est-ce pas ? remarqua-t-il avec finesse.

— Dans cette maison, je ne suis que l'infirmière, répliqua vivement la jeune fille. Néanmoins, c'est un peu déroutant d'imaginer qu'un homme tel que lui choississe de vivre seul. La plupart d'entre eux souhaitent partager leur existence avec une compagne.

— La majorité des femmes également, mademoiselle.

— Pas moi, monsieur, car j'envisage de prendre le voile.

— Ah, je vois… vous me surprenez.

— Pourquoi donc ?

— Parce que vous avez avec votre sœur le comportement d'une mère, déclara-t-il avec simplicité. Est-ce une décision définitive ?

— Je l'ai prise il y a quelque temps.

— Avant votre arrivée à la villa ?

— Oui... oui.

— Et de connaître un homme tel que Don Luigi ?

— Je ne vous suis pas...

— En êtes-vous sûre ?

Il se frotta le nez en signe de doute et ses yeux se plissèrent dans un sourire malicieux.

— Allons, allons, vous me comprenez parfaitement. Don Luigi est un homme qui attire l'attention. S'il n'est pas aussi beau que Tony, il possède une puissance et une énergie que bien des femmes préféreraient à la séduction un peu mièvre de son frère. Cette autorité, combinée avec une surprenante gentillesse, vous prend au dépourvu, n'est-ce pas ?

— Les gens m'étonnent toujours, rétorqua-t-elle, éludant la question directe.

— Il se peut que la surprise vienne de vous, mademoiselle. Vous êtes en Italie et notre soleil a parfois le don de faire fondre les inhibitions.

— Que Dieu me garde de toute folie, docteur... !

— Pourquoi donc ?

— Une fille sans grâce ne doit pas rêver.

— Vous avez des yeux magnifiques, mademoiselle, certainement en harmonie avec votre nature. Quoi de plus attirant qu'une femme dont la sensibilité se reflète dans le regard ? Allons... vous ne tenez plus sur vos jambes, il est temps de prendre un peu de repos. Ne vous inquiétez plus pour votre sœur, je vais demander à son mari de veiller sur elle.

Il quitta Dominique, muette et paralysée par les étranges réflexions qu'elle venait d'entendre. Non, ces quelques remarques sur la douceur de ses prunelles ne changeraient rien à ses projets, même si elles lui avaient réchauffé le cœur ! Un léger sourire sur les lèvres, elle s'approcha du lit de sa sœur et l'observa dans son sommeil.

Candice ouvrit paresseusement ses yeux bleus encore embués de fatigue.

— Tout va bien à présent, lui dit tendrement Dominique. Dors, ma chérie.

— Nicky, qu'est-ce qui m'a rendue si malade ?

— Tu as dû manger une langoustine pas fraîche.

— Un empoisonnement ?

— Oui.

Candice passa sa langue sur ses lèvres sèches.

— Puis-je avoir un verre d'eau ?

— Bien sûr.

Dominique l'aida à se désaltérer.

— Oh, que cela me semble bon, fit-elle en se laissant aller contre l'oreiller. Mais... j'ai l'impression d'avoir avalé des litres de lait tout à l'heure ?

— C'est exact.

Dominique caressait doucement les cheveux d'or pâle.

— Je me suis servie d'une théière pour t'obliger à l'ingurgiter.

— Pouah, moi qui ai horreur du lait !

Dominique laissa échapper un petit rire.

— C'est un bon médicament. Souviens t'en lorsque tu auras des enfants malades.

— Je n'en aurai jamais, Nicky. Comme toi.

— Ne dis pas cela. Tony et toi, vous aurez une magnifique progéniture.

— Non, insista Candice en hochant la tête. Ce n'est pas seulement à cause de mon état. C'est Tony... Il n'en désire pas. Je l'ai toujours su. Je me souviens de l'époque où je lui ai annoncé que j'attendais un bébé. Il est devenu blanc comme un linge. Quand par la suite, je lui ai avoué que je m'étais trompée, il a semblé si soulagé. Il ne veut pas être père.

— Candy... !

— C'est vrai. Aussi gentil soit-il... Oh, comme il a été attentionné avec moi, hier soir... ! Oh mon Dieu, que me serait-il arrivé cette nuit sans toi et Tony ? Je me souviens de ses bras autour de moi. Un instant, j'ai souhaité mourir tout contre lui...

— Mais...

Dominique s'interrompit. A quoi bon décevoir Candice si elle croyait que son mari l'avait soutenue et réconfortée ? Don Luigi l'approuverait, elle en était certaine. Ne savait-il pas mieux que personne que son frère était aussi démuni qu'un petit garçon devant l'adversité ? La pauvre Candy était trop inconsciente pour se rendre compte que le soutien qu'elle était en droit d'attendre de son mari, venait d'un autre.

Qu'elle garde ses illusions. C'était sa seule chance de guérison ! Cette nuit, dans sa lutte contre la maladie, Candice avait légèrement bougé. Don Luigi et Dominique l'avaient remarqué et avaient échangé un regard de connivence. Dieu soit loué, la jeune femme n'était pas complètement paralysée ! Avec du temps et de la patience, elle guérirait et... danserait à nouveau !

Pas rasé et décoiffé, Tony pénétra dans la chambre.

— Ma chérie, dit-il en s'approchant rapidement du lit. Le docteur me dit que tu es beaucoup mieux. Est-ce vrai ?

Il observa intensément le visage de sa femme.

— Oh oui, Tony.

Un faible sourire étira les lèvres pâles de Candice. Le négligé de son aspect rajeunissait Tony et humanisait son apparence habituellement sophistiquée.

— T'es-tu fait du souci pour moi ?

— Quelle question... !

Il porta la main de sa femme à ses lèvres et en baisa chaque doigt.

— Mais je ne pouvais plus supporter de te voir souffrir de la sorte ! Ta sœur est un ange. Quel courage ! ajouta-t-il en souriant à Dominique.

— Tu ne m'as pas quittée de toute la nuit, mon Tony. Je sentais tes bras autour de mon corps... Oh, j'étais si heureuse !

— Mes bras ? mais, ma chérie…

D'un geste rapide, Dominique lui pinça légèrement le coude et, comme il la dévisageait sans comprendre, elle se hâta de poursuivre à sa place :

— Candice avait besoin de vous, Tony, et vous ne vous êtes pas dérobé. Vous l'avez aidée et réconfortée de votre présence et c'est là l'essentiel. A présent, elle doit dormir… Veillez sur son sommeil, tout ira bien.

Une lueur de compréhension éclaira le visage de Tony.

— Oui, Nicky, je reste près de ma femme. Allez vite prendre un peu de repos. Merci de tout ce que vous avez fait pour elle.

Dominique les laissa tous deux, priant le ciel pour que tout se passe bien en son absence. Comme elle atteignait le bout du couloir, elle remarqua la lumière du jour qui rosissait les vitres de la grande fenêtre habillée de velours grenat. Se blottissant dans l'encoignure, elle ferma les yeux et laissa un instant son esprit vagabonder.

Tout au long de cette nuit tragique, n'avait-elle pas ressenti un malaise, comme si un danger menaçait Candice ? Seule, avec comme unique manifestation de vie, le pépiement des oiseaux dans les branches, elle tenta de retrouver l'instant précis où elle avait soupçonné que le malaise de Candice ne provenait pas obligatoirement des crustacés.

Au fur et à mesure que le cours des événements se déroulait dans sa mémoire, elle revit Candice se débattant contre la douleur, Tony affalé dans son fauteuil et Don Luigi et elle-même luttant contre le mal. Puis, se détachant de la brume de ses souvenirs, un autre visage émergea, un regard posé sur sa sœur, des yeux qu'aucune trace de sympathie n'adoucissait… Malina… !

Frappée par la fulgurante révélation, tous les sens en alerte, elle tenta de se raisonner. Non ! ce n'était pas possible que la jalousie puisse conduire à de telles extrémités ! Son imagination lui jouait des tours... Le docteur Pasquale avait admis la présence d'un crustacé contaminé dans le repas de Candice. Il n'ignorait pas la différence entre une intoxication alimentaire et un empoisonnement provoqué par l'absorption d'une substance toxique. Quoi qu'il en soit, elle n'avait aucune raison de suspecter quiconque... jusqu'au moment où Malina avait pénétré dans la chambre. L'indifférence de la femme, le peu de surprise qu'elle manifestait, tout portait à croire qu'elle s'attendait à l'état de Candice.

Son attitude traduisait une sorte de curiosité malsaine, un peu comme un enfant exultant devant une mouche à qui il vient d'arracher une aile... !

Secouée par un frisson, Dominique resserra frileusement sa robe de chambre autour de son corps glacé. A qui confier ses appréhensions ? Pour toute la famille, Malina n'était-elle pas le dévouement personnifié ? Elle jouissait d'un traitement privilégié, disposait d'un appartement personnel et était considérée davantage comme une amie des frères Romanos, que comme une domestique.

Puisqu'elle ne pouvait ouvrir son cœur à personne, son seul recours était d'informer Malina elle-même qu'elle avait découvert l'étendue de sa forfaiture et de la menacer d'avertir la police à la moindre nouvelle alerte.

Mon Dieu ! De tels doutes étaient insupportables ! Mais, au premier contact, la jeune fille avait décelé la jalousie morbide de Malina à l'égard de la jeune épouse de Tony.

En dépit de son désir de les partager, Dominique cacherait donc ses craintes mais trouverait coûte que coûte le moyen de désarmer Malina.

Un soupir de tristesse s'échappa de ses lèvres et elle s'apprêtait à regagner sa chambre quand une haute silhouette déboucha dans le couloir. Malgré le brouillard qui obscurcissait sa vue privée de lunettes, elle sut immédiatement qui s'approchait d'elle, de la démarche longue et souple du tigre.

Elle s'immobilisa dans le renfoncement de la fenêtre. Don Luigi s'avança et lui tendit une tasse de thé fumant.

— Merci beaucoup, dit-elle avec reconnaissance. J'en avais bien besoin.

— Je n'en doute pas.

D'un geste mal assuré, elle accepta le breuvage, consciente du tremblement involontaire qui l'agitait. Les émotions de la nuit, la fatigue et la révélation de la cruauté de Malina avaient eu raison de sa maîtrise.

— J'ai... j'ai été si inquiète, s'excusa-t-elle en prenant une gorgée du liquide chaud et sucré. Que c'est bon !

Un sourire éclaira le visage grave de Don Luigi. Il s'adossa au mur et sortit un étui de sa poche.

— Me permettez-vous de fumer ?

— Bien sûr, je vous en prie, fit-elle en baissant les paupières sur l'iris gris de ses yeux.

— Ne vous sentez-vous pas un peu épuisée ? s'enquit-il doucement. Vous êtes très pâle.

— Ce fut une nuit très éprouvante.

— En effet. Votre sœur dort-elle ?

— Dieu merci, oui, soupira-t-elle. Tony est à son chevet et elle va beaucoup mieux.

— Quelle malchance ! Elle se rétablissait déjà et reprenait goût à la vie...

Dominique fut soudain tentée de lui confier ses soupçons au sujet de Malina. De ce grand corps robuste négligemment appuyé contre le mur émanait une puissance presque tangible... Oserait-elle lui parler ? La croirait-il ou la prendrait-il pour une folle ?

— J'ai discuté avec le docteur Pasquale, poursuivit-il. Il semble certain que les nausées de votre sœur aient été provoquées par une intoxication alimentaire.

N'était-il pas étrange que cette réflexion arrive au moment même où Dominique s'apprêtait à lui ouvrir son cœur ? Avait-il deviné les sombres pensées qui assaillaient la jeune fille ?

— Je... hésita-t-elle, je suppose en effet...

Il plissa les yeux. Auréolé d'un nuage de fumée, les cheveux en désordre et dans cette tenue négligée, il lui parut soudain beaucoup plus jeune et sa ressemblance avec Tony plus évidente.

Non ! Accusez Malina serait une erreur ! Elle devait rester ici, sous le même toit que Candice et veiller seule sur elle.

— Vous êtes songeuse, remarqua son compagnon. Ces dernières heures vous ont éprouvée presque autant que Candice, n'est-ce pas ?

Elle approuva d'un signe de tête.

— Vous êtes toujours terriblement concernée par le malheur des autres, me semble-t-il ?

— C'est la moindre des choses pour une infirmière, d'autant qu'il s'agissait de ma sœur.

— Vous ne pouvez la prendre complètement en charge et vous le savez, remarqua-t-il avec gravité.

— Non, mais je peux la protéger, Don Luigi. Vous-même, malgré votre cynisme, n'avez-vous pas ressenti une profonde commisération ?

— Bien sûr, pour moi Candice n'est qu'une enfant et la voir dans un tel état m'était très pénible.

Le regard de la jeune femme erra sur le jardin, que le soleil, à présent levé, baignait d'une chaude lumière dorée. Dieu merci, cette nuit pénible prenait fin, mais pourrait-elle jamais oublier la détresse de sa sœur ? Un frisson glacial la parcourut toute entière et la fit chanceler. D'une enjambée, Don Luigi fut près d'elle et la soutint par les épaules. Elle sentit la chaleur de ses mains vigoureuses au-travers du léger déshabillé...

— Regagnez votre lit, Dominique, vous êtes exténuée.

Elle le fixa gravement.

— Je… je dois aller voir Candice avant, balbutiat-t-elle.

— Tony est à son chevet. L'inquiétude qu'il vient d'éprouver le rendra vigilant, soyez-en persuadée.

— Dans ces conditions… soupira-t-elle.

— A chacun ses problèmes, Dominique, insista-t-il.

L'intonation grave et profonde de sa voix la bouleversa autant que le contact de ses mains. Décidément, tout dans cet homme la troublait.

— Deux êtres beaux mais superficiels… poursuivit-il rêveusement. Vous avez remarqué l'écroulement de Tony, je suppose ? Malgré tout, votre sœur est persuadée qu'il lui a apporté son soutien durant toute cette nuit, n'est-ce pas ?

Elle acquiesça d'un signe de tête. L'homme accentua la pression de ses paumes et Dominique éprouva alors une sensation proche de la souffrance. Cela n'avait rien à voir avec une douleur physique, c'était plutôt comme un feu qui consumait tout son être… Etait-ce la force dominatrice qui émanait de sa présence si proche ?

— Vous avez fait preuve de beaucoup de dévouement. Je… je vous en remercie, murmura-t-elle.

— C'est tout naturel, répondit-il doucement.

Ses doigts glissèrent jusqu'aux poignets de la jeune fille.

— Je vais vous conduire jusqu'à votre chambre. Ensuite, promettez-moi de vous mettre au lit sans attendre.

— Je… j'essayerai…

— J'insiste. Vous ne tenez plus sur vos jambes.

De plus en plus faible, Dominique ne résista pas lorsque Don Luigi lui encercla la taille et la soutint jusqu'à son appartement.

Devant sa porte, elle se détacha de lui.

— Je vais bien, maintenant, chuchota-t-elle.

— Ne devrais-je pas entrer avec vous pour m'assurer de votre obéissance ?

Leurs regards se croisèrent et la petite lumière qui dansait dans les yeux de Don Luigi inquiéta vivement Dominique.

Le cœur battant à tout rompre, elle posa la main sur la poignée.

— Ce n'est pas nécessaire...

Elle ouvrit prestement le battant et se glissa rapidement à l'intérieur de la pièce.

— Allez vous reposer, poursuivit-elle d'une voix mal assurée. Vous en avez vous-même bien besoin...

Il porta sa cigarette à sa bouche, inspira une profonde bouffée, puis s'inclina cérémonieusement devant la jeune fille.

— Je vous laisse, murmura-t-il... pour l'instant...

Refermant hâtivement la porte sur la haute silhouette, la jeune fille s'appuya au mur, la tête dans les mains. Elle l'imaginait s'éloignant en jetant un coup d'œil par-dessus son épaule, un petit sourire ironique flottant sur ses lèvres fermes...

Et l'image persista tandis que la jeune fille retirait sa robe de chambre et se glissait entre les draps qu'elle avait abandonnés... depuis une éternité, lui sembla-t-il. Elle se blottit au creux de son oreiller et sombra dans un profond sommeil réparateur.

5

Au-delà du sable doux, clair et scintillant de blancheur, la mer étendait à l'infini sa surface d'un bleu profond.

La petite crique se cachait à l'abri d'une falaise qui montait en étages jusqu'à la villa Dolorita.

Deux semaines s'étaient écoulées depuis la maladie de Candice. Ce matin-là, nonchalamment étendue sur une serviette, les joues roses, elle regardait le ciel clair et serein, au-dessus d'elle.

Les sautes d'humeur de la jeune femme étaient de moins en moins fréquentes et elle reprenait peu à peu goût à la vie. Si elle attendait avec plaisir ces visites sur la plage, elle n'avait pu se résoudre à se plonger dans l'eau.

— Non, ne m'y force pas, avait-elle décrété devant l'insistance de sa sœur. Tu n'imagines pas comme il est pénible de ne plus sentir ses jambes. Laisse-moi et vas te baigner.

Bonne nageuse, Dominique avait énergiquement refusé de porter un des bikinis offert par Candice. Elle s'était rendue au village voisin et, par chance, avait déniché chez un soldeur, un maillot de bain parfaitement démodé qui ne choquait pas sa pudeur naturelle. Elle compléta ses emplettes par des sandales et un étrange chapeau de paille.

La première fois qu'elle parut sur la plage, ainsi vêtue, Candice n'avait pu réprimer un énorme éclat de rire.

— Tu ressembles à une jolie baigneuse des années trente, se moqua-t-elle.

— Mon maillot n'est pas si ancien, protesta Dominique.

Inconsciente de la beauté de ses longues jambes gracieuses, elle courut jusqu'à la mer, s'ébrouant avec la joie d'un jeune animal et prit son premier bain, nageant avec l'aisance d'une sportive émérite.

Elle avait appris la natation dans la piscine privée du pensionnat de Saint-Anselme, contrairement à Candice qui répugnait à se mouiller le visage et les cheveux, préférant la douceur de son confort au moindre effort sportif.

Ainsi, chaque jour, Candice bronzait au soleil, tandis que Dominique partageait son temps entre les baignades et la lecture qu'elle faisait à sa sœur. La peau de la jeune fille avait pris une teinte ambrée et, en dépit des soins constants qu'elle portait à Candice, elle se sentait en excellente forme.

— Tu aimes l'Italie, n'est-ce pas, ma chérie ? demanda Candice, laissant couler le sable entre ses doigts.

— C'est un pays merveilleux, approuva Dominique.

Son regard erra vers la mer dont les vagues commençaient à lécher la frange de sable blond. La marée montait et bientôt il serait temps pour elles de rentrer. Chaque jour, Don Luigi descendait les marches creusées dans la falaise, soulevait Candice dans ses bras puissants et la portait jusqu'en haut de l'escalier. Tony ne venait jamais, tant son aversion pour la mer était intense. En revanche, il se tenait sur la colline pour se charger à son tour du précieux fardeau.

Le fait qu'aucun des deux frères n'ait jamais délégué

un domestique à leur place avait profondément impressionné Dominique.

— A toi, mon vieux, disait invariablement Don Luigi.

Et, avec ce bref sourire qui creusait de fines rides autour de ses yeux, il déposait doucement Candice dans les bras de Tony, tandis que la chevelure dorée de la jeune femme, soulevée par la brise, caressait la joue brune de son mari.

Cette émouvante image faisait partie des souvenirs que Dominique emporterait lorsqu'elle retournerait en Angleterre. Un jour viendrait où sa sœur, ayant recouvré la santé, n'aurait plus besoin de ses soins. La jeune fille pourrait alors suivre la route qu'elle s'était tracée et mener sa propre vie.

— La marée va bientôt être haute, murmura-t-elle. Ton chevalier servant ne va pas tarder à se manifester pour t'emporter vers son château.

— Nicky...

Candice tourna son regard vers le visage de sa sœur dont les cheveux mouillés encadraient l'ovale régulier de mèches humides.

— J'ai toujours pensé que tu étais aussi romanesque que moi... Dis-moi quel est ton secret.

Dominique sourit tandis que le reflet de l'océan illuminait ses prunelles grises.

— Je crois que mon romantisme n'a pas les mêmes origines que le tien, murmura-t-elle pensivement.

— C'est-à-dire ?

— Il n'est pas directement axé sur un homme.

— N'est-ce pas là sa finalité ?

Candice fixa sa sœur avec attention. Comment pouvait-elle la comprendre, elle qui rejetait de tout son être cette chasteté dont Dominique se réclamait ?

— La façon dont tu souhaites exister n'est pas normale, Nicky, poursuivit-elle. Reste ici en Italie. Don

Luigi n'y verrait aucun inconvénient. Vois comme il accepte la présence de Malina sous son toit.

— Je ne suis pas Malina, rectifia Dominique, le visage sombre. Nous savons toutes deux que tu retrouveras bientôt l'usage de tes jambes. Alors Tony et toi pourrez ouvrir cette école de danse. Je crois que l'idée est excellente.

— Si effectivement je marche à nouveau...

Une ombre passa dans les yeux de Candice, obscurcissant le regard bleu.

— La patience de Tony est à bout, poursuivit-elle. Bientôt je le perdrai, je sais qu'il va retrouver son autre femme.

— Candy, il n'y a pas d'autre femme !

— Si, j'en suis persuadée.

De grosses larmes coulèrent sur ses joues.

— Je te répète qu'il rencontre quelqu'un. Il part tous les après-midi quand je suis censée dormir. J'entends le moteur de sa Lancia lorsqu'il quitte la maison et je reste là, étendue et impuissante, comptant les minutes et les heures. Oh, Nicky, tu ne peux savoir comme je souffre, tu n'as jamais été amoureuse... ! L'amour est un sentiment qui colle au cœur et à la peau... il peut aussi bien te submerger de bonheur que te faire basculer dans la plus profonde détresse.

— Ne sois pas triste, ma chérie.

Se penchant vers sa sœur, Dominique sécha tendrement les pleurs qui mouillaient son visage.

— Si ce que tu dis est vrai, poursuivit-elle, pourquoi ne pas rentrer en Angleterre avec moi ?

— Je... je suis incapable de le quitter, Nicky, avoua Candice en se mordant les lèvres. J'y ai déjà pensé mais, dès que je le vois, dès qu'il me manifeste un peu de gentillesse, je suis à nouveau sous le charme... même si cela doit me tuer à petit feu... !

— Oh Candy, je...

— Ce sont les affres de l'amour, l'interrompit-elle

violemment. Dès que tu tombes dans le piège, tu te sens pieds et poings liés. Tu appartiens corps et âme à l'homme qui te fait mal. Tu aimes et tu hais tour à tour. C'est à la fois le paradis et l'enfer, la glace et le feu. Si je quitte Tony, je deviendrai la plus malheureuse des femmes. J'ai besoin de le voir, de le toucher. Tu ne comprends pas cela, n'est-ce pas Nicky ?

Dominique observa l'océan et son inexorable approche, un peu à l'image d'une certaine forme d'amour qu'une femme peut éprouver pour un homme lorsqu'elle lui permet d'annihiler sa propre personnalité. Une force lente et implacable qui submerge et engloutit… !

La jeune fille sauta sur ses pieds comme si elle voulait échapper aux vagues qui, pourtant, ne parvenaient qu'aux rochers en bordure de la plage.

— Don Luigi est un peu en retard, aujourd'hui, remarqua-t-elle, une légère note d'anxiété dans la voix. Pourvu qu'il ne nous ait pas oubliées.

Candice jeta un coup d'œil vers les marches creusées dans la falaise puis regarda tour à tour sa montre en or et l'eau qui, avec la marée montante, devenait plus agitée.

— Que ferions-nous s'il ne venait pas ?

S'abritant du soleil, Dominique scruta les alentours. Dans moins de dix minutes, les flots recouvriraient la plage et sa sœur était incapable de marcher…

— Je… je devrais te hisser jusqu'à l'escalier, dit-elle. Il n'est pas question de te laisser seule et d'aller chercher du secours. Si je n'ai pas assez de force pour te porter, je suis capable de te soutenir dans l'eau, mais combien de temps ?

— Nicky ! murmura la jeune femme d'une voix brisée, crois-tu qu'il s'agisse d'un oubli volontaire ?

— Candy… !

— Pourquoi pas, poursuivit-elle sauvagement. Je ne suis qu'une charge pour Tony et… la manière dont Sofia

93

a perdu la vie est toujours restée mystérieuse... On suppose qu'elle était malade mais d'autres bruits courent à ce sujet.

— Ne dis pas une chose pareille, ma chérie.

Elle tomba à genoux et agrippa vigoureusement les épaules de sa sœur.

— Garde ton calme. Don Luigi va apparaître d'un moment à l'autre.

— Non, je suis sûre que non.

Les yeux remplis de panique, Candice secoua la tête dans tous les sens.

— Ne comprends-tu pas qu'il lui est extrêmement facile de nous laisser ici ? poursuivit-elle âprement. Cela ressemblerait à un accident... Une jeune femme paralysée et sa sœur trop dévouée pour l'abandonner... Personne ne songerait à autre chose qu'à une tragédie... !

— Arrête ! ordonna Dominique en la secouant. Crois-moi, nous ne périrons pas sur cette damnée plage... !

— Tu jures à présent, Nicky...

— Oui, à certaines occasions. Vois la mer, Candy. Vas-tu rester là à attendre qu'elle nous submerge, ou vas-tu tenter de te lever ?

— Comment le pourrais-je ? gémit Candice. Je suis clouée sur place, tu le sais aussi bien que moi !

— Rien n'est moins sûr...

Une soudaine détermination affermit la voix de Dominique. Sans nul doute, l'heure de vérité avait sonné pour Candice.

— Tu n'as aucune envie de mourir, n'est-ce pas ? Et s'il est vrai que Tony a une autre femme dans sa vie, lui permettras-tu de l'obtenir aussi facilement, sans essayer d'échapper à la noyade ? Tout ce que tu as à faire, c'est de te lever. Viens Candy ! Fais tes premiers pas vers une nouvelle vie, chasse ces maudites pensées qui ont éteint en toi toute volonté, surpasse-toi... !

— Je ne peux pas, Nicky... Don Luigi va arriver... Il est toujours venu...

— Regarde la falaise... Regarde bien, il n'y a personne. Et l'océan monte à toute allure... ma chérie, tu as toujours confiance en moi, fais un effort, je t'en conjure !

— Mes... mes jambes ne me porteront pas, tu le sais, gémit Candice.

— Ecoute-moi bien. La nuit où tu as été malade, je les ai vues bouger. Don Luigi l'a également remarqué. Ton cerveau ne doit pas décider pour toi, laisse donc travailler ton corps !

— Non...

Candice secoua la tête avec désespoir.

— Vas Nicky, abandonne-moi ici... tout m'est égal, à quoi bon vivre à présent ?

— Pour profiter de tout ce que tu aimes... Pour danser !

Les arguments de Dominique se pressaient sur ses lèvres, car elle entendait dans son dos le bruit du ressac de plus en plus proche.

— Je ne te quitterai pas, aussi dois-tu venir avec moi. Maintenant remue-toi... montre ce dont tu es capable !

Candice poussa un cri quand Dominique l'obligea fermement à se redresser presque à la verticale. Mais, tremblante et faible, elle sentit ses jambes se dérober sous elle. Dominique la hissa à nouveau... à nouveau, elle retomba.

— Vas-y ma chérie, haleta-t-elle.

Les mâchoires serrées par l'effort, elle entreprit de traîner sa sœur jusqu'à la première marche de la falaise, de la mettre hors de portée des flots qui gagnaient du terrain. Si elle n'y parvenait pas, combien de temps pourrait-elle la maintenir hors de l'eau ? La maladie et l'immobilité avaient entamé les forces de la jeune femme, en revanche, le sport et la vie ascétique de Dominique avaient accentué son tonus et son énergie.

La soulevant et la tirant tour à tour, elle réussirait à l'amener jusqu'à la première marche, il le fallait...!

— Tu dois marcher, l'encourageait-elle. Nous y arriverons, courage...

— Je... sanglota Candice... je veux que tu me laisses. Oh, je t'en supplie... laisse-moi. Ne t'occupe pas de moi !

— Il n'en est pas question, rétorqua-t-elle brutalement.

« Mon Dieu, pourquoi Don Luigi n'est-il pas venu aujourd'hui ? Qui a bien pu le retenir ? Ignore-t-il que la marée monte très vite et qu'elle recouvre la plage jusqu'à deux mètres au-dessus des rochers ?... Comment mettre Candice hors de danger ? »

— S'il te plaît, bégaya Candice... sauve-toi...

Courageusement, elle tentait d'avancer, raclant ses genoux contre les roches et le sable.

Soudain, ce fut le miracle ! Elles gagnaient du terrain. Dominique ne savait plus si elle hissait sa sœur ou si c'était Candice qui se mouvait seule...

— Assez !

L'ordre claqua comme une détonation et, d'une grosse pierre émergea la haute silhouette de Don Luigi. Ses yeux noirs étincelaient dans son visage pâle. Il les rejoignit en deux enjambées et souleva Candice entre ses bras puissants.

Dominique sentit son cœur se gonfler de soulagement, aussitôt remplacé par la fureur.

— Où donc étiez-vous ? lui cria-t-elle. Nous pensions que vous ne viendriez jamais et... cette pauvre Candice !

Déjà la jeune femme se blottissait contre lui, s'agrippant à ses épaules comme à une bouée de sauvetage.

— Je ne vous ai jamais abandonnées.

Les mots sifflaient entre ses dents.

— Je voulais me rendre compte de la volonté de survivre de Candice. Il semblerait que les sœurs Davis soient douées de ténacité et de courage.

96

— Voulez-vous dire, hoqueta Dominique incrédule, que vous nous espionniez pendant tout ce temps ?

Il inclina la tête.

— J'avais dans l'idée que si vous vous trouviez seules ici, devant le danger de la marée montante, vous trouveriez un moyen de vous en tirer. N'avais-je pas raison ?

Pâle de colère, Dominique tentait de distinguer ses traits car, dans l'effort violent qu'elle venait de fournir, elle avait perdu ses lunettes.

— Je... je vous hais, siffla-t-elle. Vous ne pouvez savoir à quel point !

— Oh si, Dominique !

— Oh non, Don Luigi. Ayez l'obligeance d'emmener ma sœur à la villa, je vais chercher mes lunettes.

— Impossible, petite sotte. Elles sont sous l'eau.

Regardant par-dessus son épaule, elle se rendit compte que toutes leurs affaires, draps de bain, livres, biscuits, avaient disparu sous les vagues.

— Je vous hais..., répéta-t-elle. Jamais je n'ai rencontré d'individu aussi impitoyable que vous !

— Vous avez probablement raison, acquiesça-t-il, mais ce n'est ni le lieu ni le moment de discuter de ma perfide nature. Laissons ce sujet pour une prochaine occasion. D'accord ?

Lançant des regards furibonds vers son large dos et ses longues jambes, Dominique le suivit jusqu'au sommet de la colline. Elle n'était certes pas en état de le juger calmement. Pouvait-elle le traiter autrement que de monstre alors qu'il venait d'assister sans un geste à la panique qui les envahissait toutes deux durant ces minutes longues comme l'éternité ?

Epuisée physiquement et moralement, la jeune fille sentit ses jambes se dérober sous elle lorsqu'elle atteignit le haut du chemin escarpé.

— Où est Tony ? s'inquiéta-t-elle en cherchant

autour d'elle. Oh non... il ne s'est pas prêté lui aussi à cette affreuse plaisanterie ?

— Je l'ai envoyé en mission en dehors de la maison, jeta Don Luigi par-dessus son épaule.

Candice reposait, les yeux fermés, la tête contre sa poitrine et Dominique s'affola. Etait-elle évanouie ? Mais la jeune femme, un timide sourire sur les lèvres, souleva à demi les paupières.

— J'ai bougé les jambes, n'est-ce pas ? dit-elle dans un souffle. Je les ai senties remuer...

— Comment vas-tu, ma chérie ? interrogea anxieusement Dominique.

Candice acquiesça.

— Je suis seulement fatiguée, murmura-t-elle.

— Tu m'étonnes, après un tel marathon ! sourit Dominique, soulagée.

— Ne faites pas tant d'histoires, lui intima Don Luigi. Cette jeune femme ne s'est jamais mieux portée qu'à présent. Sa volonté a enfin pris le pas sur la maladie et c'est ce dont elle avait besoin.

— J'ai horreur des supercheries, Don Luigi, rétorqua sévèrement Dominique.

Tout en disant ces mots, la jeune fille se demandait malgré elle si les méthodes du maître de maison n'avaient pas du bon ? Si Candice acceptait l'idée que sa paralysie n'était pas définitive, tous les espoirs étaient permis.

— A certaines occasions, il faut savoir prendre des risques calculés, décréta-t-il en traversant le jardin à grandes enjambées.

Exténuée, Dominique ne pouvait rester à sa hauteur. Le souffle court, elle s'affala sur un banc pour s'y reposer un instant. Portant la main à son front moite, elle se sentit soudain vidée de toute son énergie. Tout tournait autour d'elle.

Respirant profondément, elle parvint à surmonter son malaise, mais resta assise pour récupérer ses forces. La jeune domestique de Candice était parfaitement capable de s'en occuper pendant quelque temps et de lui préparer une boisson chaude.

« Dieu, qu'une tasse de thé serait la bienvenue! » mais elle n'avait pas le courage de rentrer. Son regard encore vague erra sur les massifs de zinnias et elle se laissa bercer par le doux bourdonnement des abeilles. A quelques pas de là, un vieux mur de pierres croulait sous un fouillis de campanules aux clochettes roses, tandis que le parfum un peu fade des figuiers se mêlait aux senteurs fraîches et acides des grenadiers et des citronniers.

Interrompue dans sa contemplation, elle vit venir à elle le serviteur de Don Luigi qui lui offrit ce dont elle avait le plus envie en ce moment...

— Monsieur pense que ceci vous fera plaisir, fit-il en lui présentant une tasse de thé sur un plateau d'argent.

— Oh merci! accepta Dominique d'une voix tremblante.

Un léger arôme de cognac se mélangeait à l'odeur réconfortante du breuvage. Comme cet homme était difficile à saisir...! Un moment plus tôt, il la torturait, puis la réconfortait d'un geste plein d'attention.

« Qu'il aille au diable! » pensa-t-elle un court instant. Mais déjà ses lèvres se collaient à la porcelaine et jamais le goût du thé ne lui parut meilleur...

— Mademoiselle se sent bien? s'enquit l'homme avec une légère inquiétude.

La stricte et efficace infirmière qu'il avait coutume de saluer respectueusement, ne lui donnait-elle pas la curieuse et inhabituelle impression d'être complètement anéantie?

— Oui, oui... merci, le rassura-t-elle en souriant. Je termine ma tasse et je rentre.

Il s'inclina puis rebroussa chemin vers la maison. Nul doute que tout le personnel serait bientôt informé que la jeune Anglaise avait beaucoup changé en quelques heures.

Et pourtant que cette journée était belle ! Une légère brise rafraîchissait l'atmosphère, l'air embaumait de mille senteurs enivrantes... n'était-ce pas le paradis ? « Chimères ! » se dit-elle en grimaçant. Elle n'était qu'une petite infirmière anglaise, assise par hasard dans ce parc luxuriant et qui laissait vagabonder son imagination... Comment concevoir qu'elle venait de traverser un cauchemar délibérément organisé par la seule volonté d'un individu ? Et en plus elle se voyait obligée de reconnaître l'efficacité de son geste ! Candice n'avait-elle pas retrouvé la volonté de marcher... de vivre... de redevenir la jeune femme qu'elle était ?

« Ensuite, pensa Dominique, je retournerai en Angleterre et tout cela ne sera plus qu'un rêve dont chaque acteur m'apparaîtra alors comme une vieille photo jaunie. Je ne reverrai plus Don Luigi... »

Elle restait là, immobile, les yeux dans le vide. L'inexorable enchaînement des faits la heurtait, certes, mais elle n'avait même pas le droit d'en souffrir. Plus tôt Candice recouvrerait l'usage de ses jambes, mieux cela vaudrait pour toutes deux. Ne retrouveraient-elles pas le cours normal de leur existence ? Et la sienne excluait toute présence masculine, surtout celle d'un homme comme Don Luigi.

Soudain, comme si ces réflexions avaient le don de le faire surgir, elle le découvrit, marchant dans sa direction. Avant qu'elle n'ait le temps de se lever pour gagner la protection des arbres, il fut à ses côtés. Le cœur de la jeune fille battait la chamade, elle avait l'impression d'être prise au piège, acculée comme le lièvre qui découvre un renard et ne peut y échapper... La sombre silhouette, accentuée par une chemise noire, se détachait de l'atmosphère lumineuse et prenait une machiavélique apparence. La dominant de sa haute taille, il la scruta avec une telle intensité qu'elle se sentit transpercée jusqu'à l'âme.

— Avez-vous pris le temps de la réflexion ? s'enquit-il d'une voix vibrante et profonde. Acceptez-vous l'idée que la cruauté est parfois nécessaire ?

— Comment... comment va Candice ? demanda-t-elle en essayant de soutenir l'éclat de son regard.

— Cessez de vous inquiéter pour elle, lui intima-t-il. Avez-vous jamais pris quelques minutes pour penser à vous, Dominique, ou estimez-vous que c'est du temps perdu ?

— Vous connaissez le dicton, répondit-elle de façon évasive : l'oisiveté est la mère de tous les vices et je suis sûre que le diable met des idées folles dans les esprits futiles.

— Je me demande quelles sottises il vous a soufflées tandis que vous demeuriez ici, buvant ce curieux breuvage que les Anglais considèrent cqmme la panacée de tous leurs maux.

— Oh, vous ne pourriez deviner ce à quoi je pensais.

— En êtes-vous certaine ? demanda-t-il en l'examinant de plus belle. Comment voyez-vous sans vos lunettes ?

— Comme dans un brouillard. Heureusement, j'ai perdu mes verres destinés au soleil, les autres sont dans ma chambre.

— Je vous en offrirai de nouvelles. C'est la moindre des choses.

— Aucune importance.

— Etait-ce votre sentiment quand vous me teniez des propos haineux, jurant que vous n'aviez jamais rencontré de personnage aussi odieux que moi ? Invectives bien sévères pour quelqu'un qui envisage de prendre le voile !

— Je ne suis pas une sainte, Don Luigi.

— Ravi de l'entendre, railla-t-il. Je n'ai aucun goût pour les dévotes.

Sans nul doute, cette attitude arrogante faisait partie intégrante de la personnalité de Don Luigi, héritée de ses ancêtres en quête de privilèges et de pouvoir. A l'époque, les princes eux-mêmes, espérant se partager une partie du butin, n'avaient-ils pas encouragé l'audace de ces hommes ? Dominique pressentait que ces instincts de domination coulaient encore dans les veines de l'homme qui était face à elle et qu'à certaines occasions, ils resurgissaient. A cet instant précis, ne montrait-il pas une férocité léguée par toute une lignée de chevaliers ? Effrayée et fascinée à la fois, la jeune fille ne pouvait détacher son regard de ce personnage vêtu d'une chemise noire ouverte sur son torse bronzé. Contrairement à Tony, il ne portait ni chaîne ni médaille, davantage par absence de vanité, pensa-t-elle, que par manque de foi. S'il était parfois diabolique, c'était toujours pour une bonne cause, reconnut-elle. Que de contradictions dans cet homme secret et sauvage !

— Essayez-vous de lire en moi ? remarqua-t-il judicieusement.

Un flot de sang inonda sa gorge qu'elle cacha pudiquement.

— Que voyez-vous, Dominique, quand vous plongez en moi ces grands yeux gris ?

— Un... un homme.

— Voilà qui devient intéressant, se moqua-t-il, mais encore... ?

— Un homme, Don Luigi, empreint de rudesse et de force. En vous je découvre le passé, quand les ducs de Médicis étaient au pouvoir. Contrairement à Tony, vous êtes le reflet de vos mœurs ancestrales.

— Chaque famille possède un membre plus attaché que d'autres aux traditions, déclara-t-il d'une voix songeuse. Votre sœur est très à l'aise dans son époque, vous même ne l'êtes pas. Quel personnage auriez-vous aimé être ?

Plaçant un pied sur le bord du banc où Dominique

était assise, il l'examina avec une attention qui la troubla intensément.

— Peut-être une jeune fille à l'époque de Roméo et Juliette... murmura-t-elle.

— Pourquoi pas Juliette elle-même ?

— Impossible, elle était trop belle.

— Elle avait de grands yeux romantiques et elle tomba amoureuse de son balcon. Cela ne vous ressemble-t-il pas ?

— Je ne suis pas sur un balcon et, comment une infirmière pourrait-elle être romanesque quand elle est perpétuellement en butte aux réalités de la vie ?

— Allons, allons, Dominique, votre foi en Dieu, votre espérance et votre certitude d'un monde meilleur, ne sont-ils pas suffisants pour vous taxer de romantisme ? De nos jours, qui croit encore en ces valeurs ?

— Quel cynisme, Don Luigi, dans vos propos !

— En êtes-vous si sûre ? se défendit-il. N'ai-je pas souhaité que, face au danger, votre sœur vienne à bout de sa paralysie ?

Soudain, il plissa les yeux d'un air soupçonneux.

— A moins que vous n'ayez pensé que je vous laisserais vous noyer, toutes deux ?

— Cette idée m'a traversé l'esprit, je l'avoue, admit-elle.

— Puis-je savoir pourquoi ?

— Parce que vous semblez considérer Candy comme une charge pour votre frère.

— Est-ce une raison suffisante pour une solution extrême ?

— C'est un souvenir horrible, murmura Dominique en frissonnant. Un affreux cauchemar... Comment imaginer que vous nous aviez mis volontairement dans cette situation ?

— C'est cruel, n'est-ce pas ?

— Oui, très...

— Comme peut l'être un homme, parfois ?

— C'est probable.

— Pourquoi serais-je différent ? Ne suis-je pas comme chacun de nous « souillé par le péché originel et enfant de la colère de Dieu » ?

Lui jetant un regard étonné, elle surprit un rictus sur ses lèvres.

— N'oubliez pas mon collège de jésuites, poursuivit-il amèrement. J'y ai appris très vite que les péchés de chair conduisent au feu de l'enfer et à la damnation. En bref, que le diable est une femme...

— Mais vous... vous ne m'aviez jamais donné l'image d'un homme tourmenté par des superstitions... bien que...

— Bien que quoi ?

— Peut-être y a-t-il en vous quelque chose de païen ?

— Comme en chacun de nous. En vous aussi, petite bonne sœur.

— Ne m'appelez pas ainsi, bredouilla-t-elle.

— Pourquoi donc, je vous prie. N'est-ce pas pertinent ?

— La façon dont vous le prononcez me déplaît.

— Je n'y ai mis aucune offense.

— Non, mais une sorte d'incrédulité... fit-elle les joues en feu. Vous savez pertinemment ce que je veux dire, aussi ne prétendez pas...

— Ne serait-ce pas plutôt vous qui jouez la comédie ?

Sourcils froncés, il l'observait, tous les sens en alerte, tel le tigre tapi dans la forêt, épiant sa proie et prêt à bondir. La jeune fille fut sur la défensive.

— Pour quelle raison ? s'enquit-elle sèchement.

— Peut-être à cause d'une méprise, répliqua-t-il brièvement.

— A quel propos ?

— Parce que vous n'avez jamais retenu l'attention des prétendants qui courtisaient votre frivole de sœur, vous concluez que nous n'êtes attirante pour aucun homme. Souvent les adolescents préfèrent le glaçage au

104

gâteau et comme Candice est faite du fondant qui attire les jeunes loups, il ne vous est jamais venu à l'esprit que certains hommes ont une prédilection pour une nourriture plus satisfaisante.

Déroutée par ce discours provocateur, Dominique ne dit mot.

— Avez-vous réellement regretté ces jeunes gens ? poursuivit-il sans ménagement.

— Non, répondit Dominique, mais... aucun d'eux ne m'a jamais embrassé.

Elle se mordit les lèvres. Comment avait-elle pu renouveler un tel aveu ?

— Ah ! dit-il doucement.

Au moment où elle croyait le danger passé, il la saisit à bras-le-corps et la souleva du banc.

— Nous allons y remédier...

Il l'attira contre lui.

— Laissez-moi vous embrasser !

Il la pressa doucement contre sa poitrine et elle ne put ignorer la puissante musculature des larges épaules et du thorax contre lequel il la maintenait.

— Que... que faites-vous ? murmura-t-elle, affolée.

— Ceci...

Les yeux noirs se rapprochèrent et les lèvres dures se posèrent sur les siennes, doucement, ne s'y attardant que l'espace d'une seconde, mais déjà le cœur de la jeune fille s'emballait. Elle tenta de se dégager mais il resserra son étreinte et la garda à sa merci.

— Restez tranquille !

La bouche de l'homme reprit son exploration, légère d'abord, attentive aux sensations qu'elle provoquait, puis dévorante et passionnée, étouffant les murmures de protestation de la jeune fille.

Quand il la lâcha enfin, elle vacilla et se raccrocha à lui, tremblante de confusion. Proches l'un de l'autre, il plongea son regard dans le sien et le retint, sans un mot, durant quelques secondes. Recouvrant péniblement ses esprits, Dominique s'écarta brusquement de lui, inconsciente de l'éclat particulier qui illuminait ses grands yeux gris.

— Je... je n'avais aucun besoin de cette thérapeutique, balbutia-t-elle dans un souffle.

— Thérapeutique ? répéta-t-il, railleur. Quel terme trivial pour quelque chose qui est censé être un plaisir !

— Je n'en ai trouvé aucun.

— Ah bon, quelle sensation avez-vous ressentie ?

— Une désagréable impression.

— Hum... aurais-je perdu ma technique ?

— Pratiquée sur un grand nombre de femmes, je suppose, lança-t-elle avec dédain.

Ses forces retrouvées, elle arborait un air de dignité outragée.

— Sur pas mal de beautés locales, oui... déclara-t-il avec une nonchalance affectée.

— Inutile de vous montrer sarcastique.

— Pourquoi me gênerais-je avec une jeune personne qui a la témérité de qualifier mes baisers de déplaisants.

— Je ne les souhaitais pas, vous m'y avez contrainte.

— Se plaindre auprès d'un homme de ne jamais avoir connu d'étreinte masculine équivaut à une provocation !

— C'est faux et stupide...

— Ne m'y avez-vous pas invité ? s'enquit-il en haussant les sourcils. Quelle humiliation pour mon orgueil de mâle !

— Je ne désirais rien de tel et vous le savez bien. Cet aveu m'a échappé.

Rouge de confusion, Dominique se rendait compte de son inconséquence tout en remettant fébrilement de l'ordre dans sa tenue.

— Comment osez-vous l'affirmer ? Vous me paraissez si troublée...

— Laissez-moi en paix. Je regrette cette réflexion qui n'avait aucun sens caché, je vous le certifie.

— C'est une remarque très freudienne...

106

— Ridicule !

— Permettez-moi de vous contredire, Dominique, poursuivit-il gravement. Contrairement à ce que nous croyons, nous ne contrôlons pas toutes nos actions et toutes nos pensées. Certaines tendances et influences refoulées dans notre inconscient peuvent, à notre insu, resurgir à tout moment. Vous ne pouvez nier cette doctrine. Elle explique parfaitement le cas de votre sœur.

Dominique passa sa langue sur ses lèvres sèches. Elle se sentait épuisée et à bout de nerfs. En revanche, son compagnon, impeccable dans sa tenue de sport, la chemise ouverte sur son torse puissant, donnait une impression de calme décontraction.

— Comme je souhaite la guérison de Candice ! déclara-t-elle avec ferveur. Pour elle et pour Tony.

— Et pour vous, bien sûr.

— Oui, répondit-elle en lui jetant un bref regard.

— Ainsi, vous pourrez reprendre le cours de votre existence, n'est-ce pas ?

— Comme chacun de nous.

— Si tant est qu'on puisse appeler vivre le fait de se couvrir d'un voile et de se détourner des plaisirs naturels. C'est bon pour l'âme, certes, mais vous possédez un corps, Dominique, gardez-vous de l'oublier.

— Je ne désire pas en discuter... pas avec vous.

— Quel dommage !

Les mains dans les poches, il la dévisageait avec insolence.

— Ainsi, dès que votre sœur aura retrouvé ses esprits, vous quitterez cette maison ?

— Oui, je ne suis là que pour la soigner.

Dominique jeta un coup d'œil à son poignet.

— Il est temps pour moi de la rejoindre.

— Je n'aime pas votre montre, déclara-t-il. Me

donnez-vous l'autorisation de la remplacer ? Ce sera le dernier présent qu'un homme vous fera.

— Le premier et le dernier, rectifia-t-elle.

— Attention, railla-t-il, vous êtes sur le point de souffrir d'un complexe d'infériorité !

— Ce qui ne risque pas de vous arriver, rétorqua-t-elle sèchement. De toute façon, je craindrais d'abîmer un trop bel objet... Je préfère la mienne.

Agacé, il fronça les sourcils.

— Ne soyez pas si stupide !

— Ne me touchez pas !

Elle recula vivement. Avant qu'il n'ait bougé, Dominique avait deviné ses intentions.

— De qui avez-vous peur, ricana-t-il, de vous ou de moi ?

— Je n'aime pas être considérée comme un jouet. Vous m'humiliez, l'accusa-t-elle avec colère. Vous déformez mes intentions.

— Au contraire, Dominique. J'essaye de vous ouvrir les yeux mais vous êtes têtue et sourde à tous mes arguments. Vous me mettez hors de moi et je meurs d'envie de vous donner une fessée.

Il était tout à fait capable de mettre sa menace à exécution. Refusant d'en prendre le risque, Dominique tourna les talons et partit en courant. Malheureusement, à l'aveuglette et... comme elle atteignait l'escalier du perron, elle marqua la première marche, trébucha et tomba en avant.

— Aïe... !

A peine ses genoux touchaient-ils le sol en pierre que deux bras puissants la relevaient. A nouveau, il l'emprisonnait de ses mains et, à son grand désarroi, elle reconnut cette chaleur insidieuse qui, malgré elle, faisait renaître son corps à la vie...

6

— Tout va bien !

Elle repoussa les mains de Don Luigi et tenta d'échapper à son contact, mais, imperturbable, il la maintenait en examinant un de ses genoux qui commençait à saigner.

— Venez, décida-t-il, je vous emmène à la maison tant que vous êtes encore entière.

La soutenant par les épaules, il l'aida à gravir les marches du perron.

— Soignez cette écorchure avant de vous occuper de qui que ce soit, ordonna-t-il. Pouvez-vous gagner votre chambre sans prendre trop de risques ?

— Si… si j'avais eu mes lunettes, lui reprocha-t-elle, en lui décochant un regard accusateur.

Il sourit, plus amusé que contrit, puis, sans ajouter un mot, tourna les talons et se dirigea vers son bureau.

Dominique gravit péniblement les escaliers. Dieu, qu'elle se sentait fourbue ! Chaque muscle de son corps la faisait souffrir ! Décidément, vivre aux côtés de Don Luigi était très éprouvant ! Il avait le don de la provoquer sans ménagement et d'éveiller en elle les sentiments les plus cachés.

La jeune fille fut soulagée de retrouver le calme de sa chambre. Elle s'allongea sur le lit, envoya promener ses sandales et chercha à tâtons un kleenex pour éponger le sang de son genou.

Les événements de la journée la hantaient. Elle se remémorait sa panique et ses efforts sur la plage. Puis, le moment bouleversant où Don Luigi l'avait embrassée... tendrement, sensuellement. Ce baiser était celui d'un homme viril, expérimenté et l'avait laissée toute faible. Avant qu'elle n'ait eu le temps de se défendre, il avait glissé son bras autour d'elle et pour la première fois de sa vie, elle s'était sentie éblouie, étourdie... elle flottait, complètement perdue, à la dérive dans ce doux vertige qui avait duré une éternité.

Non ! Elle sauta sur ses pieds, attrapa une serviette en éponge, son uniforme et gagna la salle de bains. Sous la douche, elle se frictionna vigoureusement de la tête aux pieds, regrettant de ne pouvoir appliquer ce traitement purificateur à sa mémoire où les souvenirs se bousculaient encore. Même après avoir passé sa blouse, coiffé ses cheveux dans le style net de la parfaite infirmière, chaussé ses lunettes... les images troublantes persistaient avec une implacable netteté...

« Diable d'homme ! » pensa-t-elle en essayant de se composer un visage calme et serein avant d'entrer dans la chambre de sa sœur.

Confortablement installée sur une chaise longue, près de la fenêtre, Candice était vêtue d'une robe d'intérieur bordée de fourrure blanche.

— Je vais marcher de nouveau, n'est-ce pas Nicky ? déclara-t-elle en souriant de bonheur.

— Bien sûr ! affirma la jeune fille avec chaleur.

— Oh Nicky, c'est grâce à toi... je n'oublierai jamais le moment où mes jambes ont bougé. Oh, dis-moi que je n'ai pas rêvé ?

— Non ma petite chérie. Mais je ne suis pas entièrement responsable. C'est une idée de Don Luigi de te tester sur cette plage, face à la marée montante... Un traitement de choc, s'il en fût !

Interloquée, Candice regarda sa sœur, les yeux agrandis par la stupeur.

— Tu veux dire qu'il nous a volontairement confrontées au danger ?

Dominique acquiesça d'un signe de tête.

— S'il n'est apparu qu'au dernier moment, c'est parce qu'il était caché derrière un rocher, attendant de voir si je parviendrais à te faire marcher. Il est arrivé à ses fins ; certes, mais de quelle machiavélique façon ! Je suppose que s'il m'avait prévenue de ses intentions, j'aurais mis moins de force persuasive dans mes efforts, reconnut-elle à contrecœur.

— Il met tes nerfs à rude épreuve, n'est-ce pas, Nicky ?

— Oh oui, admit-elle spontanément. Je ne serai pas fâchée de le quitter.

— Honnêtement ? insinua-t-elle en plongeant son regard bleu dans les yeux de sa sœur. N'as-tu jamais été attirée par un homme, n'as-tu jamais souhaité une étreinte, un baiser ?

— Je n'ai jamais de telles pensées ! protesta Dominique avec véhémence.

Elle se dirigea vivement vers la table de chevet, attrapa le thermomètre et, tout en le secouant, s'approcha de Candice.

— Ouvre la bouche, lui intima-t-elle avec autorité.

— Ne crois-tu pas que c'est toi qui devrais prendre ta température ? demanda perfidement la jeune femme.

— Pourquoi ?

— Tu as les joues en feu... tu ne sembles pas dans ton état normal.

— C'est la joie de te voir en si bonne voie de guérison, expliqua-t-elle nerveusement.

Puis, pour couper court à toute question insidieuse, elle glissa d'un geste résolu le thermomètre entre les lèvres de Candice.

— Je suggère que tu termines la journée dans le

calme et le repos. Mais demain, ma chérie, nous reprendrons les exercices et tenterons de faire bouger à nouveau ces sacrées jambes.

Le pouls de Candice s'accéléra légèrement sous les doigts experts de Dominique qui lui reprit le thermomètre.

— Et si elles refusent de me porter ? demanda Candice avec appréhension.

— Il faudra persévérer, la prévint-elle en souriant. Ou alors, ton cher beau-frère inventera une autre diabolique machination... Il aurait dû vivre à l'époque des Borgias, poursuivit-elle rêveusement. Quoi qu'il en soit, tu ne sembles pas affectée par le traumatisme de ce matin. Tu n'as pas de fièvre. Es-tu heureuse, petite sœur ?

Candice acquiesça et appuya sa fine tête blonde sur l'oreiller de satin. Comme elle était jolie ainsi, ses grands yeux lumineux éclairant son visage aux pommettes colorées de rose !

— Si tu aimes Tony, déclara doucement Dominique, le moment est venu de te battre pour le récupérer.

Se dirigeant vers la coiffeuse, la jeune fille y prit un miroir et le présenta à la malade.

— Sais-tu à qui tu ressembles en ce moment ?

Candice esquissa un sourire.

— Te souviens-tu de ces magazines de cinéma que j'avais la manie de collectionner lorsque nous vivions ensemble ? On y voyait les photos de ces belles filles pulpeuses qui défrayaient la chronique aux premiers temps d'Hollywood. La couverture de l'un d'entre eux représentait Jean Harlow. C'est à elle que tu me fais penser, Candy. Je refuse d'admettre que Tony puisse désirer une autre femme quand il en possède une telle que toi. Accroche-toi à cette certitude. C'est la meilleure thérapie.

Candice saisit la glace et étudia minutieusement son reflet.

— Jean Harlow était un « sex-symbole », n'est-ce pas Nicky ? N'est-elle pas morte à vingt-six ans ?

— J'ai seulement dit que tu lui ressemblais physiquement. Je t'en prie, ne vas pas chercher d'autres similitudes ! Passons aux choses sérieuses, poursuivit Dominique en souriant. Que désires-tu manger pour le lunch ? Je te propose du melon, puis une omelette au fromage accompagné d'une salade, d'un fruit, le tout arrosé d'un bon verre de vin.

— Un vrai maître d'hôtel ! s'exclama Candice en éclatant de rire.

— Ce serait pour moi une activité moins perturbante...

— Non, ma Nicky. Tu es une merveilleuse infirmière. Oh, je t'en conjure, ne retourne pas en Angleterre, ne m'abandonne pas. Je ne te verrai plus si tu mets à exécution ton... ton redoutable projet !

— Tu n'as pas le droit d'en parler ainsi, lui reprocha Dominique... je sais ce que je veux et...

— Le crois-tu vraiment, l'interrompit Candice avec fougue. Certaines femmes prennent le voile pour échapper à elles-mêmes.

— C'est ridicule !

— Ce n'est pas tellement éloigné de la vérité, insista Candice. Tu n'as rien de ces femmes prudes et froides, drapées dans leur conviction que seuls le labeur et la peine mènent au paradis ! Te souviens-tu de sœur sainte Claire ? A la fin de sa triste existence, la pauvre vieille femme ne pouvait plus se servir de ses mains tant elle les avait abîmées en travaux pénibles ! Je t'en supplie, Nicky, ne deviens pas une autre sœur sainte Claire !

— Tu ne te rappelles que ses mains, Candy, objecta tranquillement Dominique. Quand je l'évoque, je revois la sérénité qui éclairait son regard. C'était une femme heureuse... mais tu étais trop jeune pour t'en rendre compte.

— D'accord, mais ce n'est pas l'idée que je me fais du

bonheur, soupira Candice. Après tout, poursuivit-elle rêveusement, existe-t-il vraiment ? Parfois, il me semble le trouver auprès de Tony puis, je pense que je partage mon mari avec une autre. Tant que je reste clouée ici, je suis obligée de m'en accommoder, mais, dès que je serai guérie… je le quitterai… !

— J'en doute, mais es-tu sûre de ce que tu avances ?

— Je l'ai demandé à Malina, confessa la jeune femme. J'avais besoin d'une certitude et elle connaît parfaitement Tony. Elle ne m'aime pas, aussi m'a-t-elle dit la vérité. Tony se rend régulièrement auprès de quelqu'un, de l'autre côté de San Sabina.

— Crois-tu en la sincérité de Malina ? observa Dominique en fronçant les sourcils.

— Oh oui ! Elle se délectait… si tu l'avais vue, penchée au-dessus de mon lit… elle m'expliquait avec force détails qu'il y avait un secret dans la vie de Tony, que je ne le saurai jamais car je n'étais pas l'épouse qui lui convenait. Il avait besoin d'une maîtresse femme et je n'étais qu'une fille futile et fragile… C'est vrai, n'est-ce pas, Nicky ? Elle m'a raconté que ce n'était pas lui qui m'avait aidée et soutenue lorsque j'ai été malade, mais Don Luigi. Toutefois, a-t-elle ajouté, inutile de me faire des illusions au sujet du « Maître », car il lui arrivait de s'occuper d'un jeune veau en difficulté, toute la nuit s'il le fallait…

Un silence pesant succéda aux aveux désespérés de la jeune femme. Comme si ce torrent de révélations les submergeait et les laissait muettes devant l'atroce vérité.

— Le plus important est que tu retrouves l'usage de tes jambes, déclara enfin Dominique. Nous tirerons tout cela au clair quand tu marcheras à nouveau. Pour l'instant, je vais chercher ton repas, poursuivit-elle d'un ton qu'elle s'efforçait de rendre désinvolte.

Une petite lueur amusée éclaira les prunelles de Candice.

— N'oublie pas le verre de vin…

— Compte sur moi.

Pendant quelques secondes, les deux sœurs se mesu-
rèrent du regard et, un observateur avisé aurait remarqué la subtile ressemblance qui les rapprochait à cet
instant : une sorte d'obstination et de courage dans les
contours fermes de la mâchoire qu'elles relevaient avec
défi...

En descendant l'escalier, Dominique sentit ses nerfs
se détendre. Enfin Candice avait décidé de se battre ! Ce
mariage survivrait-il ? C'était encore problématique. Si
Dominique haïssait les confidences de Malina, grâce au
ciel, elles avaient galvanisé la volonté de sa sœur au lieu
de l'abattre comme l'espérait cette harpie jalouse... !

Traversant le hall, la jeune fille se heurta à Tony qui
portait un ravissant bouquet de roses jaunes. A ce
spectacle, les yeux de Dominique flamboyèrent dangereusement et elle réprima une furieuse envie de les lui
arracher. Elle comprit alors le sentiment de colère qui
avait animé Candice lorsqu'elle avait frappé son mari
avec le collier de perles.

— J'ai trouvé ces fleurs au village et n'ai pu résister à
l'envie de les lui offrir, déclara-t-il avec un sourire
désarmant.

Ses dents blanches brillaient dans son visage bronzé et
il avait fière allure dans sa chemise de soie bleue assortie
à la teinte de son pantalon, d'une coupe parfaite.

— Mon frère m'a envoyé en mission pour régler un
différend qui opposait deux viticulteurs, poursuivit-il.
Qu'y a-t-il, Nicky ? Est-il arrivé quelque chose à Candice ? s'inquiéta-t-il.

— Quelle importance pour vous ? rétorqua-t-elle
froidement.

— Que voulez-vous dire ?

Une ombre assombrit les prunelles noires de Tony.

— Vous savez bien que je me fais beaucoup de souci
pour ma femme. Est-elle à nouveau malade ?

— Physiquement, elle va bien, mieux qu'elle n'a été

depuis des semaines. C'est son cœur qui est blessé, Tony et c'est vous qui en êtes la cause.

Il baissa les yeux sur les roses.

— Nicky, j'aimerais vous parler. Pourriez-vous m'accorder quelques instants, après le déjeuner, peut-être ?

Pourquoi souhaitait-il lui parler de ce dont il refusait de s'entretenir avec sa femme ? Sûrement pas d'un éventuel divorce, récemment toléré en Italie. Tony appartenait à une famille fidèle aux préceptes de l'Eglise et chaque semaine, le curé du pays était convié à la table de Don Luigi. Elle-même avait rencontré le Père Flavio, c'était un homme charmant. Elle savait que Don Luigi exigerait de son frère qu'il respecte les liens du mariage.

— Est-ce au sujet de ma sœur ? s'enquit-elle avec prudence.

— Oui, répondit-il avec gravité. Pourrions-nous nous rencontrer dans la cabane au fond du jardin, vers deux heures et demie ?

— Discuterons-nous de quelque chose qui pourrait la blesser ?

Dominique s'exprimait avec froideur. Elle ne pouvait s'empêcher de ressentir de l'aversion pour cet homme qui faisait souffrir Candice. Pourtant une certaine tristesse voilait le regard de Tony, presque une obsession, et elle en éprouva de la pitié.

— J'en ai peur, admit-il.

— Je ne sais quoi répondre, hésita-t-elle. Je suis très attachée à ma sœur, vous ne l'ignorez pas, n'est-ce pas ?

— J'en suis convaincu, Nicky. Mais vous êtes la personne la plus tolérante et la plus compréhensive que je connaisse et c'est pour cette raison que je m'adresse à vous. Acceptez de m'écouter, je vous en conjure.

— D'accord, fit-elle enfin. A deux heures et demie dans la cabane.

— Merci ! Ne dites rien à Candice, implora-t-il. C'est tellement gentil à vous d'accepter... Pensez-vous qu'elle aimera ces roses ? Elles ont la couleur de ses cheveux.

Dominique ne put retenir un sourire. Tony représentait vraiment un mystère pour elle. Il semblait avoir de l'affection pour Candice et en même temps, selon Malina, il rencontrait une autre femme. En apprendrait-elle davantage sur cette personne ?

— Elles ont toujours été ses fleurs favorites. Je me souviens qu'elle en portait le jour de son mariage. Elle m'a envoyé de si jolies photos de vous deux.

— Oui... notre mariage, murmura-t-il, la tête enfouie dans le bouquet. Elle était si belle, si gaie, ce jour-là. C'est mon frère qui a pris ces photos sur le porche de l'église. C'est un artiste, le saviez-vous ? J'ai souvent pensé que s'il n'avait pas eu tant de responsabilités dans ce pays, il aurait eu une activité artistique. Mais on a besoin de lui ici, surtout depuis la création de cette coopérative dont il est l'instigateur et le réalisateur. C'est à présent l'entreprise la plus florissante de tout le sud de l'Italie. Si le morcellement des terres s'était fait au temps de mon père, il en aurait été horrifié. C'était un homme de la vieille école, une sorte de châtelain local. Hélas, je n'en ai aucun souvenir mais Luigi me parle quelquefois de lui et de ma mère. Il a leurs portraits dans son cabinet de travail. Les avez-vous vus, Nicky ?

— Je n'y ai jamais été invité, répondit-elle en hochant la tête.

— Est-ce vrai ? s'étonna-t-il en haussant les sourcils. Mais nous allons y remédier. Vous pourrez admirer quelques-unes de ses œuvres, des sculptures sur bois qui vous intéresseront et...

— Je vous en prie, Tony, l'interrompit-elle. Ne dites pas à votre frère que j'aimerais visiter son bureau. Je ne suis que l'infirmière ici, ne l'oubliez pas.

— Vous êtes la sœur de ma femme.

— Une épouse que vous avez tendance à négliger, lui rappela-t-elle.

A nouveau Tony lui jeta un regard où se mêlaient amertume et reproche.

— Vous pensez que Candice n'est pas très heureuse avec moi et que si j'avais des engagements ici à San Sabina, j'aurais dû m'abstenir d'y amener votre sœur, n'est-ce pas ?

— Oui, admit-elle, c'est exactement mon avis.

— Vous êtes une personne généreuse, Nicky, mais tout le monde n'est pas comme vous, plaida-t-il. Nous nous aimions tant. Personne n'est à l'abri de ce phénomène, croyez-moi.

— Je sais, convint-elle d'un air songeur.

— Nous ressentons tous le besoin d'être chéris, poursuivit-il misérablement, mais la sentimentalité exacerbée ne conduit-elle pas parfois aux pires excès ? Je n'ai pas la volonté de fer de mon frère. Je me demande s'il éprouve encore de la rancune envers moi...

Tony s'interrompit devant le coup d'œil étonné de Dominique.

— Pourquoi vous en voudrait-il Tony ?

— C'est en rapport avec ce dont je souhaite vous entretenir tout à l'heure. Vous viendrez, c'est sûr ?

— Sûr.

Le visage bouleversé et le regard suppliant de Tony émurent la jeune fille et, la colère et l'agacement qu'elle éprouvait à son égard, se calmèrent.

— Alors, à tout à l'heure, poursuivit-elle. Candy aimera ces roses, elles ont la couleur de l'espoir et, Dieu sait qu'elle en a besoin...

— A plus tard, Nicky.

Elle le regarda monter les escaliers quatre à quatre, puis se dirigea vers l'office pour commander le repas de Candice. La cuisinière lui offrit une tasse de café. Dominique, heureuse de se détendre, écouta avec intérêt les détails que la grande femme lui donnait sur ses nombreux rejetons, tout en préparant « la pasta ».

Cet intermède lui fut salutaire, mais de courte durée,

car elle ne pouvait empêcher son esprit de vagabonder : devrait-elle se résoudre à ramener Candice en Angleterre ? L'Italie était un pays chaleureux et pittoresque, surtout cette région du Sud encore à l'abri des tumultes de Rome. Ici les liens familiaux étaient à l'image de l'affection qui manifestement unissait les frères Romanos. Mais, que signifiait alors la réflexion de Tony au sujet d'une éventuelle rancune que Don Luigi nourrirait envers lui ? S'il s'agissait d'une discorde sérieuse, elle faisait partie du passé et leur attitude présente n'en laissait rien paraître.

— Mademoiselle paraît bien soucieuse, remarqua la cuisinière. Est-ce votre sœur qui vous préoccupe ?

— Oh oui ! soupira Dominique.

— Mais elle va beaucoup mieux depuis votre arrivée ! Elle a retrouvé son appétit et semble apprécier les petits plats que je lui mijote. Avant, quand elle refusait de manger, j'emportais son repas à la maison, pour Dino.

Dominique sourit. Elle connaissait le mari de la cuisinière, un paresseux qui passait son temps à jouer aux cartes dans les cafés du pays. Les Italiennes, Dominique l'avait appris, étaient d'excellentes maîtresses de maison, pleines d'indulgence pour les frasques de leurs maris. Si Tony avait hérité du tempérament volage propre à sa race, Candice devrait aborder la même attitude tolérante ou le quitter. Comme il devait être dur pour une épouse amoureuse de partager son compagnon avec une autre femme !

Dominique frissonna et, curieusement, au lieu de l'image de Tony, c'est celle de Don Luigi qui lui vint à l'esprit... Etourdie par cette révélation, elle reporta son attention sur l'employée qui garnissait la pâte de tomates et d'anchois et recouvrait le tout de fromage fondu, odorant. Elle en déposa une part devant la jeune fille.

— Voilà, dit-elle, mangez et vous deviendrez dodue comme les filles du pays et un beau jeune homme vous demandera en mariage !

— Epouser un Italien ! jeta une voix moqueuse derrière son dos. Et que diable en fera-t-elle ? Est-elle seulement capable de séduire un homme avec ses manières de religieuse échappée du couvent ?

Blêmissant sous l'insulte, Dominique se retourna et rencontra le visage railleur de Malina.

— Mangez votre pizza, insista la cuisinière, courroucée.

Dominique bondit sur ses pieds.

— Je préfère l'emporter avec le repas de ma sœur.

Malina s'approcha de la table et examina le plateau. Ses yeux croisèrent alors le regard chargé d'animosité de la jeune fille.

— Je vous suggère de retourner toutes deux au couvent, poursuivit méchamment la femme. Antonio n'a pas besoin de votre sœur, il a d'autres chats à fouetter !

Dominique s'empara du plateau et se dirigea vers la porte. Elle remarqua alors que Malina portait un large anneau florentin, surmonté d'une pierre de lune et dont la forme lui rappelait étrangement les anciennes bagues à poison. Il brillait dangereusement sur la longue main brune.

— Je vous préviens, Malina, si vous causez encore du tort à ma sœur, je n'hésiterai pas à en informer la police. Depuis que Tony a amené Candice dans cette maison, elle est malade et malheureuse et je suis convaincue de votre responsabilité. Quel que soit le bien que les frères Romanos pensent de vous et les soi-disant qualités de dévouement et de bonté qu'ils vous prêtent, je vous considère comme une semeuse de discorde et de malédiction ! Vous souhaitez vous approprier Tony, mais il est jeune et n'éprouve pour vous que les sentiments d'un enfant envers sa nurse.

Les joues et le front de Malina, habituellement pâles, s'empourprèrent sous le choc de l'accusation formulée d'une voix nette et claire.

— Comment osez-vous, siffla-t-elle. Don Luigi sera informé de votre insolence !

— Ne vous gênez pas, approuva Dominique avec sérénité. Je ne suis pas une domestique et ne peux donc être démise de mes fonctions parce que je vous rappelle où s'arrêtent les vôtres.

— Je vais vous apprendre...

— Je tiens à ajouter, l'interrompit Dominique en regardant Malina droit dans les yeux, qu'en qualité de belle-sœur de Don Luigi Romanos, j'exercerai mes droits si vous permettez de pénétrer dans la chambre de Candice pour y perpétrer vos diaboliques manœuvres. Bien que vous ayez étouffé chez Tony le sens des responsabilités et la fermeté de caractère pour mieux le garder sous votre coupe, il est devenu adulte à présent et n'a nul besoin de votre aide. Personne n'est indispensable, Malina, souvenez-vous-en... !

Galvanisée par la colère, Dominique poursuivit sans reprendre son souffle :

— S'il s'avère que Tony a une liaison avec quelqu'un d'autre, ne vous en mêlez pas. Ma sœur possède assez de charme pour séduire une douzaine d'hommes et je ne serais pas mécontente de l'emmener loin de cette maison. Un foyer n'est accueillant que si l'amour y règne et je n'en ai trouvé aucune trace depuis que j'y suis arrivée... !

Ayant vidé son cœur, Dominique sortit dignement de la cuisine et, sur le seuil de la porte... se heurta à Don Luigi. Son regard incisif la cloua sur place.

— Mon Dieu, souffla-t-elle.

— Je n'ai pas perdu un traître mot de votre discours, Dominique, déclara-t-il sèchement. Qu'est-ce que tout cela signifie ?

Le moment de surprise passé, la jeune fille retrouva toute sa superbe et le défia du regard.

— Si vous avez tout entendu, qu'aurais-je de plus à expliquer ?

— Ma maison vous déplaît donc tant ?

— Son architecture est parfaite, mais cela mis à part...

— Quelle impudence !

— Puis-je passer ? le déjeuner de ma sœur refroidit.

Il lui décocha un regard furibond.

— Vous êtes pâle comme une morte, qu'est-il arrivé ?

— Juste une petite chose... si votre frère s'imagine que Candice est disposée à le partager avec quiconque, il commet une erreur. Ma sœur est anglaise, comme moi et nous avons trop de dignité pour participer à une association de... d'amoureuses ! Libérez-moi le passage, je vous prie.

— Ne me parlez pas sur ce ton, Dominique. Vous oubliez que vous êtes sous mon toit.

— J'en suis tout à fait consciente, Don Luigi, mais l'on m'y a conviée pour soigner la femme de votre frère, aussi j'aimerais lui servir son repas pendant qu'il est encore chaud. Vous n'ignorez pas que la cuisine italienne perd beaucoup de sa saveur lorsqu'elle est froide.

— En revanche, quelle que soit sa température, la cuisine anglaise reste égale à elle-même... ! persifla-t-il.

— S'il vous plaît...

La colère de Dominique s'estompait, faisant place à un vague sentiment de regret. Elle se reprochait déjà son éclat et ce qu'elle avait dit au sujet de la maison. Mais la haine qu'elle éprouvait pour Malina submergeait tout autre sentiment. Honteuse de cette fureur soudaine et primitive, elle se rendait compte qu'elle avait oublié les préceptes de calme et de dignité devant l'adversaire, inculqués par les religieuses de Saint-Anselme.

— Je vois que quelque chose vous a profondément bouleversée, remarqua Don Luigi. Nous en parlerons tout à l'heure.

— Impossible, j'ai un rendez-vous, répondit-elle spontanément.

— Avec un... un homme ?

La voix impérative de Don Luigi déplut à Dominique et ranima sa combativité. Prétendait-il lui imposer sa volonté ?

— Oui, déclara-t-elle en le toisant. Avez-vous quelque objection à formuler sur la façon dont j'occupe mon temps ou sur les gens que je rencontre ?

Pourquoi ne lui disait-elle pas simplement la vérité ? Mais l'hostilité de Malina avait ravivé en elle une plaie qu'elle croyait cicatrisée et stimulé ses tendances à la rébellion.

— J'ignorais que vous connaissiez quelqu'un dans le pays, déclara froidement Don Luigi.

— Comment pourrait-il en être autrement puisque, comme chacun ici, vous me considérez comme une sorte de cendrillon que tout le monde bouscule, juste capable d'accomplir les basses besognes... N'est-ce pas l'activité qui convient le mieux à la fille prude et dénuée de tout charme que je suis ?

Et sur ces mots pleins de fureur et de désespoir, Dominique abandonna sur place un Don Luigi médusé et, la tête haute, traversa le hall et gravit les escaliers.

« Candice, pria-t-elle avec ferveur, quittons vite ces deux hommes impossibles et retournons dans notre pays pour y couler des jours paisibles ! »

Pénétrant dans la chambre de sa sœur, Dominique l'y découvrit tenant la main de son mari et le regardant avec une sorte de supplication. Ce dernier parut soulagé de l'arrivée de la jeune fille.

— Voici ton repas, ma chérie, j'espère que tu as de l'appétit ?

— Reste avec moi, Tony, je t'en conjure, plaida-t-elle.

Ignorant la prière des yeux bleus, il porta la main de la jeune femme à ses lèvres et se dirigea vers la porte.

— Déjeune, ma petite fée, ensuite je reviendrai te border pour la sieste.

— Reposons-nous ensemble, Tony, je me sens tellement bien.

— C'est impossible, mon amour. Navré, mais j'ai un rendez-vous important, murmura-t-il d'un air consterné.

Prise d'une soudaine pitié, Dominique vint à son secours. Elle installa le plateau sur les genoux de sa sœur.

— Tu as besoin de te restaurer et de te reposer, Candice. Ensuite tu iras encore mieux.

— Oh toi ! lança-t-elle à l'adresse de sa sœur, en lui décochant un regard furieux, comment peux-tu savoir ce qui est bon pour moi ?

Un silence oppressant suivit la riposte brutale de Candice et Tony en profita pour s'éclipser sans bruit.

— Mon Dieu, il est parti, gémit la jeune femme. Pourquoi nous as-tu interrompus ? Je n'ai pas faim, emmène ça !

Elle fit un mouvement pour se débarrasser du plateau, vite arrêté par la voix cinglante de Dominique.

— Continue à te conduire comme une enfant gâtée et je quitte cette maison sur-le-champ ! Je te préviens, Candice, j'en ai assez de vous tous ici... Quand cesseras-tu de te montrer puérile et inconséquente ?

— Tu ne vas pas m'abandonner ? souffla Candice, interloquée.

— Ecoute-moi bien... si tu poses ce plateau à terre, je fais mes bagages, appelle un taxi et file à l'instant. Tu viens de prouver que tu pouvais marcher, ma présence ici est devenue inutile. Je ne tiens pas à rester pour te servir d'exutoire et de souffre-douleur... !

— Nicky !

Abasourdie, Candice regardait sa sœur habituellement si calme et sereine.

— Je ne t'ai jamais entendu parler de la sorte !

— Eh bien, voilà qui est fait, conclut Dominique sans un regret.

Depuis le temps qu'elle maîtrisait sa révolte ! Allait-on enfin arrêter de la considérer comme un parangon de vertu, un modèle de douceur apaisante quand tous s'agitaient autour d'elle avec colère et frénésie ?

— T'ai-je froissée, Nicky ? demanda-t-elle de sa voix de petite fille. J'ai dit cela parce que c'est vrai, tu ne t'es jamais intéressée à un homme.

— C'est mon problème, rétorqua Dominique.

— Oh, Nicky, ne me laisse pas... tu ne pensais pas réellement tout ce que tu disais, n'est-ce pas ?

— Oh si, lui assura-t-elle avec un petit sourire. Je n'ai pas coutume de perdre mon sang-froid, mais il y a des jours où tout le monde s'ingénie à me blesser.

— Qui donc ? raconte-moi.

— J'ai eu quelques mots avec Malina. A mon avis cette femme a une mauvaise influence sur Tony. Elle a dû être ulcérée lorsqu'il t'a ramenée sous son toit. Don Luigi ne voit-il pas clair en elle ? Il est pourtant plus perspicace que son frère !

— Les Italiens n'aiment pas se séparer de serviteurs dévoués, ils ont le sens des responsabilités, remarqua Candice.

Tout en devisant avec sa sœur, Candice était venue à bout de son repas et Dominique la débarrassa du plateau.

— Si nous risquions quelques pas vers la salle de bains ? proposa-t-elle à la jeune femme.

— Non... je... j'ai peur de tomber.

— Je vais t'aider, ma chérie.

— Oserai-je ? demanda-t-elle, mi-tentée, mi-réticente.

— Mais il le faut, Candice !

— Bon, d'accord.

Rejetant sa couverture et avec le soutien de sa sœur, Candice parvint à se lever... mais ses chevilles fléchirent et elle vacilla sous le poids de son corps.

— Mon Dieu, soupira-t-elle avec désespoir... on dirait du coton... je n'y arriverai jamais.

— Mais si, répéta Dominique. Tu l'as déjà fait, tu dois recommencer, courage ! même si tu tombes, tu ne risques rien sur la moquette. Fais un effort, Candy.

— Quel tyran tu es, Nicky... es-tu comme cela avec tous tes patients ?

— Oui, je suis la terreur des hôpitaux ! Voilà... tu y arrives... bravo, ma chérie... encore quelques pas et nous y sommes... Hourra ! merveilleux... !

Dominique étreignit sa sœur avec fougue et, dans les bras l'une de l'autre, riant et pleurant à la fois, elles mêlèrent les larmes d'émotion et de joie qui inondaient leurs visages. En cet instant privilégié, plus rien n'exista pour elles que la victoire de la vie sur la maladie, du dévouement sur l'égoïsme et de la tendresse sur l'indifférence...

— Je peux marcher... je marche... répétait inlassablement Candice... c'est fabuleux, Nicky... Tony me reviendra, n'est-ce pas ? Il me désirera à nouveau, j'en suis certaine, maintenant !

— Bien sûr, ma chérie, lui assura doucement Dominique.

Et pourtant... quelle incertitude...

7

Il pleuvait cet après-midi-là. Dominique se hâtait vers la cabane à outils. Elle portait sa cape d'infirmière par-dessus sa blouse bleue.

La chaleur était orageuse depuis le matin et la pluie ne l'avait pas surprise. N'était-ce pas un temps qui se prêtait parfaitement aux mauvaises nouvelles qu'elle allait entendre ? Elle appréhendait les confidences de Tony et c'est pleine d'animosité envers son beau-frère qu'elle atteignit la resserre perdue au milieu des arbres.

Dieu merci, il n'était pas encore là ! Cela allait lui permettre de reprendre ses esprits avant d'affronter l'adversaire.

Aujourd'hui Candice avait marché et rien ni personne ne l'affecterait plus, ni dans son corps, ni dans son cœur, se jura-t-elle.

Elle découvrit soudain la mince et sombre silhouette de Tony émergeant d'un bouquet d'arbres et l'inquiétude l'étreignit à nouveau. Comme il s'approchait, elle distingua ses traits emprunts de gravité. La pluie plaquait ses cheveux et ruisselait en fines rigoles sur le col de sa veste.

— Ah, vous êtes venue, déclara-t-il avec soulagement, merci Nicky !

— Vous êtes tout mouillé, Tony !

— Ce n'est rien. Je ne suis pas retourné près de

Candice, je craignais qu'elle me retienne. A-t-elle bien mangé ?

— Oui, très bien.

Nerveux, le jeune homme allait de long en large, sous le regard méfiant de Dominique.

— Bien. Par où vais-je commencer ? J'avais préparé mon histoire, mais à présent tout me semble embrouillé. J'espère que vous ne serez pas trop bouleversée par ce que j'ai à vous dire, poursuivit-il en s'immobilisant devant elle. C'est un récit bien consternant !

— Je m'y attends, Tony.

Dieu qu'il était pitoyable avec ce regard de chien battu ! Pour un peu, elle lui aurait accordé sa sympathie.

— Racontez-moi seulement les faits. Je vous écouterai mais je ne vous promets aucune solution. Seul compte pour moi le bonheur de ma sœur.

— C'est naturel, Nicky, mais ne soyez pas trop mal disposée à mon égard. Tout le monde ne possède pas cette rigueur et ce sens du devoir que j'admire en vous.

— A tort, rectifia-t-elle, agacée. Rien ni personne ne m'ayant jamais détournée du droit chemin, je n'ai pas à m'enorgueillir d'y être restée ! Aussi vous entendrai-je avec toute l'indulgence qu'il m'est possible d'avoir. En revanche, Candice est ma sœur et, à ce titre, elle bénéficiera, elle, de toute ma tendresse... ainsi, tout est clair.

Tony inclina la tête.

— Je n'aurais pas dû l'épouser, n'est-ce pas ? c'est ce que vous pensez ?

— Je n'ignore pas que Candice vous y a contraint en vous mentant au sujet du soi-disant bébé. Elle tenait à vous. Nous avons déjà parlé, inutile de revenir là-dessus. A présent, soulagez votre conscience.

Elle prit place sur le banc car elle appréhendait tant la suite des événements qu'elle vacillait presque sur ses jambes.

— Cela commença, il y a quelques années, dit-il en

s'appuyant contre le mur. Je n'avais pas encore dix-huit ans et, lorsque le regard de la jeune fille et le mien se croisèrent, ce fut, si j'ose m'exprimer ainsi, comme lorsque Roméo et Juliette se virent pour la première fois. Bien que ce soit très rare en Italie, elle était blonde comme les blés et sa chevelure longue et brillante encadrait son visage à l'ovale parfait et contrastait de façon étonnante avec la couleur sombre de ses yeux en amande et le rose vif de ses lèvres pulpeuses. C'était la plus jolie créature que je n'avais jamais rencontrée et quand elle leva sur moi son doux regard, je compris que j'étais payé en retour.

Nous étions, me semble-t-il, faits l'un pour l'autre, mais elle était promise à un autre et cet homme était mon frère, Don Luigi...

— Oh non ! s'exclama malgré elle Dominique.

— Si pourtant, déclara Tony. Rendez-vous compte de la situation ! Cette ravissante personne était destinée à mon frère et c'est par moi qu'elle était attirée. Nous avions en commun l'âge et certains traits de caractère. Elle était plus proche de moi que de Don Luigi, toujours plongé dans son travail. Ce mariage avait été arrangé quelques années auparavant, lorsque mes parents étaient encore en vie et mon frère, toujours scrupuleux, tenait à honorer leur parole. Malheureusement, Sofia et moi éprouvions l'un pour l'autre des sentiments qui n'étaient pas prévus au contrat, poursuivit-il amèrement. Je vous laisse imaginer les conséquences.

— Le pourrais-je ?

Le ton calme et posé de la jeune fille cachait en réalité un profond tourment. Devrait-elle écouter plus longtemps le récit de la séduction de la fiancée de Don Luigi par son jeune frère ? Certes, elle manquait d'expérience en la matière, mais comment la passion pouvait-elle engendrer tant de larmes et de perfidie ?

— Nous étions sans défense contre notre amour, poursuivit douloureusement Tony. Nous avions coutume de nous voir en secret et, au début, nous nous contentions de discuter. Sofia vivait chez une tante à San Sabina, car elle venait d'une autre région d'Italie, de...

— De Vicovaro, le pays des jolies femmes, l'interrompit Dominique.

— Comment le savez-vous? s'exclama Tony.

— Votre frère me l'a dit.

— Il vous a parlé de Sofia? Il vous a raconté...

— Non. Il m'a seulement précisé qu'elle était très belle et qu'elle était originaire de Vicovaro.

— Rien de plus? A-t-il mentionné mon nom?

— Non, Tony. Don Luigi ne trahirait jamais quelqu'un de sa famille.

— Ah, grommela Tony en rougissant, j'ignorais que vous étiez capable de donner des coups bas, Nicky.

— C'est sans doute parce que vous ne me connaissez pas assez, déclara-t-elle sèchement. Avouez que séduire la fiancée de votre frère n'est pas un acte très respectable!

Il baissa les yeux comme un enfant pris en faute. Dominique l'observa froidement, sans émotion. Que de faiblesse derrière ce beau visage aux traits réguliers! Décidément, il n'était pas de la même trempe que son frère...

— Nous étions très jeunes, plaida-t-il. Cela ne justifie pas notre comportement, certes, mais Sofia avait besoin de tendresse et d'attentions et Luigi était toujours absent pour ses affaires. Un jour, je partis pour l'université et Sofia et moi nous vîmes pour la dernière fois. Elle promit de m'écrire.

— Que lui arriva-t-il, Tony? demanda Dominique, le cœur battant.

— Elle eut un enfant de moi, avoua-t-il simplement. Luigi garda le silence et je pense qu'il défendit à Sofia de m'en parler. Il craignait qu'une femme et un bébé, à dix-huit ans, ne gâchent mon existence. C'est un homme juste mais parfois cruel, Nicky. Il prit soin de Sofia, mais refusa de l'épouser. La pauvre petite accoucha prématurément et... mourut en mettant ma fille au monde.

Il se tut un instant et reprit d'une voix assourdie par l'émotion.

— Oui, j'ai une fille, Nicky. Elle a huit ans et je vais fréquemment lui rendre visite. Candice et vous-même pensez que je rencontre une autre femme, n'est-ce pas, Nicky ?

Abasourdie, Dominique le regarda attentivement.

— Pourquoi l'enfant n'habite-t-il pas à la villa ?

— Parce qu'elle vit dans une maison spécialisée pour attardés mentaux, avoua-t-il avec peine. Quelle tragédie ! Comme si la mort de Sofia ne suffisait pas, il a fallu que l'enfant naisse ainsi... L'accouchement fut difficile, paraît-il, et le docteur vint trop tard, le cerveau du bébé avait déjà subi des dommages irréparables. Mais elle est si jolie, Nicky ! le portrait de sa mère... pourtant elle ne sera jamais comme les autres et... ses jours sont comptés Oh, je... je l'aime tant !

Soudain, au grand désarroi de Dominique, sa voix se brisa et il éclata en sanglots. Elle se leva d'un bond, traversa la pièce et, enlaçant Tony, attira son visage contre son épaule.

— Ne soyez pas désespéré, Tony, murmura-t-elle. C'est terrible et très triste, mais souvent, ces enfants-là sont adorables et ont besoin de tant d'amour. Vous le savez.

— Oui, soupira-t-il. Elle me connaît bien et vole dans mes bras dès que j'arrive. Mais en mon absence, elle devient silencieuse et mélancolique, me dit-on. Je voudrais tant vivre avec elle, mais comment le pourrais-je ? Il y a Candy, il y a Luigi... oh, Mon Dieu, aidez-moi, Nicky, je vous en conjure !

Dominique avait déjà soigné des bébés malades de la sorte. Elle comprenait Tony et éprouvait pour lui une réelle commisération. Comme il avait dû souffrir !

Certes, elle ne pouvait blâmer Don Luigi d'avoir refusé d'épouser Sofia, mais pourquoi ne pas avoir prévenu Tony que la jeune femme était enceinte ? Les conséquences n'auraient-elles pas été moins désastreuses ?

— Tony, dit-elle doucement, vous devez raconter à Candice tout ce que vous m'avez appris.

— Non, rétorqua-t-il en hochant la tête. Elle m'en voudrait trop. Elle a les mêmes besoins de tendresse que Sofia. En outre, j'ai refusé le bébé qu'elle me demandait. Je vis dans la terreur d'avoir un enfant comme Rosalie...

— Votre fille est née ainsi parce qu'elle a souffert de son accouchement, affirma Dominique. Sans cet accident, elle serait parfaitement normale, Tony. Le docteur ne vous l'a-t-il pas expliqué ?

— Si, admit-il. Mais pensez-vous réellement que Candice comprendra ? Elle est si jeune et si malade !

— A cause de ces ignobles lettres, lui rappela-t-elle. Elle croyait que vous étiez amoureux d'une autre femme et c'est ce qui a provoqué tous ces troubles. Elle tient tant à vous ! Elle ignorait que vous alliez voir votre petite fille. Dites-lui tout !

— Ne pouvez-vous vous en charger ? plaida-t-il.

— Non, répondit fermement Dominique. Prenez vos responsabilités, Tony. Je connais ma sœur, elle prendra soin de Rosalie. Si elle est jeune et futile, elle a cependant besoin de donner un sens à sa vie. Quant à votre frère, lui avez-vous demandé de ramener la petite à la maison ?

— Jamais je n'aurais osé...

— Non. Vous vous êtes contenté d'imaginer son refus. Peut-être a-t-il pensé que vous préfériez la garder loin d'ici ?

— C'est possible, murmura-t-il en soupirant. Elle ressemble tant à Sofia que j'appréhendais d'aborder ce problème. Le fier Luigi Romanos aurait-il admis sous son toit un enfant né des amours coupables de sa fiancée et de son frère.

— C'est pourtant un homme charitable, murmura rêveusement Dominique. Comment avez-vous appris l'existence de Rosalie ? Par votre frère ?

— Non, répondit-il en secouant la tête d'un geste las. C'est Malina… J'étais horrifié et furieux contre Luigi de m'avoir gardé dans l'ignorance. Après une terrible dispute, nous sommes arrivés à un arrangement et il toléra que je garde le contact avec ma fille. Je ne l'abandonnerai jamais, poursuivit-il sombrement. Parfois je l'emmène au cirque. Elle a un comportement normal mais elle est sourde et muette. Oh, si Candice pouvait accepter d'être sa maman ! Vous-même, Nicky, si votre mari vous demandait d'accueillir sa petite fille sourde et muette, vous ne refuseriez pas, n'est-ce pas ?

— Sans doute, répondit-elle spontanément. Mais que ferez-vous, Tony si l'amour de Candice n'est pas assez fort pour adopter Rosalie ? Qui choisirez-vous ?

— Je préfère ne pas y penser, grommela-t-il. Je désire les garder toutes les deux. Ne croyez-vous pas qu'il serait préférable que vous lui en parliez vous-même, Nicky ? Vous trouveriez les mots qu'il faut pour lui expliquer que je les chéris l'une comme l'autre. Je vous en conjure, poursuivit-il d'une voix rauque, rendez-moi ce dernier service… je suis à bout de nerfs…

— D'accord, accepta-t-elle enfin, je plaiderai votre cause.

Il poussa un profond soupir de soulagement.

— Mon Dieu, mais je dois partir ! s'exclama Dominique en jetant un coup d'œil à sa montre.

— Oh non, pas si vite !

Dans son anxiété et le besoin qu'il avait de sa présence, Tony l'attira vers lui et la serra contre sa poitrine. Ce fut à ce moment crucial qu'une voix sèche retentit.

— Mon frère fait-il encore des siennes ? Cette cabane sera-t-elle à nouveau le théâtre de ses machinations ?

Avec une sorte de réflexe instinctif, Tony resserra son étreinte.

— Laisse cette jeune fille, ordonna Don Luigi en détachant ses mots, ou je te brise les côtes.

Soudain, Tony lâcha Dominique et pivota pour faire face à son frère... L'atmosphère de la petite pièce se chargea immédiatement d'électricité, tandis que les deux hommes se mesuraient du regard, prêts à bondir. Dominique se précipita entre eux pour les séparer et leva la main vers Don Luigi.

— Arrêtez ! cria-t-elle.

— Allez-vous-en ! gronda-t-il en la repoussant brutalement.

Son geste déclencha la fureur de Tony. Il bondit sur son frère qui réussit à parer cette première attaque. Luigi lui décocha alors un magistral coup de poing qui envoya Tony rouler sur le sol. Ce dernier se releva immédiatement et reprit sa posture de combat.

Impuissante, Dominique assistait à cet affrontement, n'osant augurer de l'issue de la lutte. Leurs grognements et la vue du sang la remplissaient de terreur. Elle allait de l'un à l'autre, les conjurant de cesser cette folie, lorsqu'elle se trouva soudain dans la trajectoire d'un formidable direct que Luigi destinait à son frère... Elle ne put l'éviter et fut touchée à la mâchoire. Il lui sembla que sa tête éclatait et, dans un bruit mat, s'écroula sur le sol. La douleur irradiait son cerveau et elle se sentit tomber... tomber dans un puits sombre et sans fin...

— Non... !

Des mains puissantes la soulevèrent et elle s'imagina un instant flottant dans les airs, puis, plus rien... Sa tête bascula et elle s'affaissa comme une poupée de son contre la poitrine de Don Luigi.

Dominique revint à elle avec un horrible mal de tête, le visage meurtri et la gorge sèche.

Elle poussa un soupir, tandis qu'une main la soulevait par les épaules et elle perçut le contact d'un verre contre ses lèvres. La fraîche saveur du jus d'orange la ranima et elle en but avec délice de longues gorgées.

Ouvrant alors les yeux, elle découvrit avec surprise que l'auteur de ce geste compatissant n'était autre que Don Luigi.

Ils se regardèrent sans un mot. La mâchoire de Dominique avait doublé de volume et, de sa langue, elle en explora l'intérieur avec soin.

Grimaçant de douleur, elle entendit son compagnon marmonner des imprécations contre lui-même et, bien qu'il s'exprimât en italien, elle en saisit tout le sens.

— La servante est allée chercher un peu d'eau froide, dit-il. Votre visage désenflera lorsqu'il aura été baigné. Vous souffrez ?

Elle acquiesça d'un signe et retomba contre l'oreiller.

— Pensez-vous avoir besoin d'un médecin ? s'inquiéta-t-il avec consternation. Mon Dieu, j'ai cru vous avoir tuée ! Mais pourquoi diable êtes-vous intervenue ?

— Pour vous séparer, bredouilla-t-elle avec difficulté. Vous alliez vous massacrer !

— Possible...

Sa bouche se crispa et elle remarqua des contusions sur son visage.

— Il semblerait que vous sachiez tout au sujet de Sofia et de la petite fille, non ?

Son expression s'assombrit encore tandis qu'il bassinait le visage de Dominique avec des compresses d'eau. Les élancements diminuaient mais elle se sentait étrangement faible.

— Quelle folle vous êtes, Dominique ! Quand je pense que mon coup de poing aurait pu briser vos lunettes et vous blesser aux yeux. Mais Tony vous tenait serrée contre lui et j'ai cru que... que tout recommençait...

— Sofia était jolie, Don Luigi. Comment aurais-je pu

séduire Tony? Il me demandait mon avis au sujet de l'enfant. Il désire tant que Candice et vous-même l'acceptiez! Bien sûr... c'est difficile pour vous. Elle serait un constant rappel des tristes événements...

— Pensez-vous que c'est la raison pour laquelle je n'ai jamais suggéré que cette petite fille habite ici? demanda-t-il gravement.

— N'est-ce par exact, ce serait tellement naturel. Vous alliez épouser Sofia et elle...

— Elle fut séduite par mon frère, hein?

— Quel choc pour votre fierté!

— Seulement pour ma fierté?

— Et pour...

— Pour quoi?

Il se pencha vers elle, un bras de chaque côté du corps de la jeune fille.

— Vous deviez vous marier... vous étiez amoureux...

— Quelle romantique supposition! Ne savez-vous pas que ce mariage n'était qu'un arrangement entre deux familles? Qu'est-ce qui vous fait croire que j'éprouvais une telle passion pour ma fiancée?

— Vous n'avez jamais cherché à la remplacer...

La jeune fille passa sa langue sur ses lèvres sèches.

— Puis-je avoir encore du jus d'orange?

Il attrapa le verre, le remplit et, soulevant le corps frêle de Dominique, l'aida à boire.

— Merci, dit-elle... c'est suffisant à présent.

— Ainsi, vous dites que Tony désire être un père de famille à part entière?

— Oui. Il est très sincère... mais il ne veut bouleverser ni Candice, ni vous.

— Dommage qu'il n'ait pas eu les mêmes scrupules avant de concevoir cet enfant, persifla-t-il d'un ton sarcastique. Ses galanteries intempestives ont provoqué la mort d'une jeune femme et la naissance d'un bébé sourd et muet. N'avez-vous pas été choquée par ses confidences?

— J'ai été surtout profondément peinée.

— C'est très charitable à vous, Dominique, railla-t-il. J'aurais cru pourtant que vos convictions vous pousseraient à condamner la conduite de mon frère.

— Je ne suis pas aussi étroite d'esprit, protesta-t-elle, blessée. Ils étaient jeunes et fous d'amour... Cela peut arriver à n'importe qui.

— A vous aussi ?

— Ne soyez pas caustique, rétorqua-t-elle en rougissant. J'ai déjà assez souffert par votre faute, aujourd'hui.

— Vous m'accusez toujours de cynisme.

— Mais c'est vrai ! lança-t-elle, indignée. Parce qu'une femme vous a déçu, vous vous en prenez à toutes les autres.

Elle détourna la tête et appuya le côté non douloureux de son visage contre l'oreiller.

— Je suis trop fatiguée pour discuter avec vous... Vous estimez toujours avoir raison. C'est pour cela que Tony m'a demandé mon avis. Bien sûr, je ne prétends pas tout savoir, mais je l'ai prévenu que Candice refuserait peut-être de devenir la mère de Rosalie.

— Accepteriez-vous de prendre soin de l'enfant de l'amour ?

— Je l'espère, répondit elle avec lassitude. Je comprends tellement ce besoin de tendresse, moi qui en ai toujours manqué, contrairement à Candice qui n'a qu'à paraître pour qu'un homme s'intéresse à elle.

Soudain, les mains chaudes de Don Luigi agrippèrent les épaules de Dominique et la soulevèrent de son oreiller. Il plongea son regard dans le sien.

— Je vous en prie, épargnez-moi ce discours touchant ! Cessez donc ces comparaisons idiotes entre la beauté de Candice et votre soi-disant laideur. Vous êtes plus attirante et digne de passion que votre sœur ne le sera jamais... !

Il la secouait en martelant ces mots.

— Vous..., vous me faites mal, gémit Dominique, les yeux embués de larmes.

— J'aurais plaisir à vous étrangler si vous n'admettez pas que j'ai raison, siffla-t-il entre ses dents.

— Oh... laissez-moi seule.

Elle tenta faiblement de lui résister et, des pleurs de désespoir inondèrent ses joues. Elle n'avait pourtant pas l'habitude de donner libre cours à sa tristesse en présence d'un homme, surtout de celui-là !

— Je suis un être humain, moi aussi ! sanglota-t-elle.

— Très bien... Cet éclat spontané prouve au moins que vous n'êtes pas de glace, Dominique.

Il contemplait son visage humide avec une certaine satisfaction et, sans un mot, attendit qu'elle recouvre son calme. Lorsque enfin les hoquets de chagrin s'espacèrent, il la reposa doucement sur l'oreiller. Épuisée par trop d'émotions, elle s'endormait déjà lorsqu'il sécha ses joues et remonta la couverture sur ses épaules.

— Reposez-vous, chuchota-t-il.

Il se détournait déjà du lit quand la jeune fille, déjà réfugiée dans un rêve qui la ramenait au couvent, supplia d'une voix enfantine :

— Oh, papa... il fait noir et si froid... Oh papa, ne t'en vas pas, s'il te plaît.

Don Luigi s'immobilisa, haute silhouette silencieuse, dressée dans la pénombre de la chambre. Une cloche tinta au loin et la plainte d'une mouette glissa par la fenêtre ouverte.

La jeune fille ne s'éveilla pas quand deux bras puissants l'enveloppèrent avec douceur. La réalité se mêlait au songe et, avec un doux soupir, elle s'abandonna contre la poitrine protectrice de l'homme.

— Papa... tu ne partiras pas ?

— Non, ma chérie.

— Je suis si heureuse !

Réconfortée et souriante, elle sombra enfin dans un sommeil profond, blottie contre le corps de Don Luigi Romanos.

8

Dominique relut la lettre qu'elle avait descendue sur la plage. Incrédule, elle revenait sans cesse sur le passage la sommant de confirmer ou de nier les relations immorales qu'elle entretenait avec l'homme qui l'employait.

La missive venait de la Congrégation de Saint-Anselme. Elle abandonna le feuillet et pressa son visage entre ses mains. Les questions se bousculaient dans son esprit. Pourquoi, mais pourquoi donc ? Soudain la vérité éclata : aucun doute, c'était bien Don Luigi qu'elle avait entendu sortir de sa chambre le matin qui suivit la soirée où il l'avait transportée, inconsciente et étendue sur son lit. Ne lui avait-il pas prodigué ses soins... et quelques remarques tranchantes dont il avait le secret ? Ensuite, elle s'était endormie. Certes, elle avait cru entendre une porte s'ouvrir et se refermer, mais était-ce dans son rêve ? Rien ne lui permettait de croire que Don Romanos avait passé la nuit à son chevet. Pourquoi serait-il resté ? Aurait-il pris le risque de susciter des commérages au sujet de ses relations avec l'infirmière ?

Consternée, Dominique fut obligée d'admettre que quelqu'un l'avait vu quitter sa chambre et en avait informé les sœurs de Saint-Anselme. Manifestement, ces propos empoisonnés avaient semé le doute dans l'esprit des religieuses. Décidément, la délation devenait monnaie courante dans cette maison !

S'il était facile pour la jeune fille de deviner quel en était l'auteur, il était en revanche plus délicat d'en avertir Don Luigi sans provoquer sa colère.

Dominique poussa un profond soupir, elle était seule sur cette plage, avec quelques mouettes pour toute compagnie.

Candice avait fait de réels progrès depuis quelques jours, mais sa sœur n'avait pas encore osé lui parler de Rosalie. C'était un sujet délicat et Dominique préférait attendre que la jeune femme ait retrouvé toutes ses forces. Réagirait-elle selon les vœux de Tony ?

Décidée à chasser ses pensées obsédantes, elle résolut alors de se baigner. Sautant sur ses pieds, elle se débarrassa vivement de sa robe de plage et courut vers la mer. Sans hésiter, elle plongea dans l'eau fraîche et s'éloigna de la plage en quelques brasses vigoureuses.

Cependant, même les efforts physiques ne vinrent pas à bout de ses soucis. Oh, pourquoi Don Luigi était-il resté près d'elle cette fameuse nuit ? Quels que fussent ses motifs, il aurait dû penser aux conséquences désastreuses que son attitude entraînerait pour elle ! A moins qu'il ne se soit lui-même endormi à son chevet ? Oui... c'était cela, bien sûr ! Comment avait-elle pu associer sa présence avec cette sorte de rêve... ou de souvenir plein de douceur, lui qui n'était que raillerie et arrogance à son égard ?

Fatiguée d'avoir longtemps nagé, Dominique rebroussa chemin vers la plage, sans se rendre compte que quelqu'un l'y attendait. Prenant pied sur le sable, elle découvrit, mais trop tard, la présence de Don Luigi. Instinctivement, elle eut un geste de fuite, mais, comme s'il avait deviné ses pensées, il fut près d'elle en trois enjambées et lui attrapa le poignet d'une main ferme.

Et, parce que la question lui brûlait les lèvres depuis trop longtemps, elle lui lança tout de go au visage :

142

— Pourquoi êtes-vous resté dans ma chambre cette nuit-là ? Pourquoi cette folie ?

L'immobilisant de sa poigne cruelle, il l'observa un instant.

— Je ne croyais pas que vous vous étiez aperçu de ma présence. Vous paraissiez profondément endormie, et vous n'avez pas bougé de toute la nuit.

— Toute la nuit ? répéta-t-elle, mais à quoi pensiez-vous ? Avez-vous imaginé que quelqu'un pouvait nous voir ?

— Vous en a-t-on parlé ?

— Une personne a écrit à Saint-Anselme en m'accusant d'être votre... votre...

Elle se mordit les lèvres.

— Vous savez bien ce que je veux dire.

— Le terme qui convient est « maîtresse », ironisa-t-il. Qui est cette personne et comment le savez-vous ?

— Comment je l'ai appris ?

Ne pouvant, malgré ses efforts, échapper à son étreinte, elle dirigea un regard pitoyable vers l'endroit où était posée sa robe.

— J'ai une lettre envoyée par la Mère Supérieure. Elle est là, dans la poche de ma robe. Le mieux est que vous en preniez connaissance.

— Venez, dit-il en l'entraînant à sa suite.

Il lut la missive, la remit dans l'enveloppe et la lui rendit.

— Bien, déclara-t-il d'un air désinvolte. Si vous êtes tellement bouleversée qu'on ait découvert la présence d'un homme dans votre chambre, il existe une solution très simple. Permettez-moi de faire de vous une « honnête » femme.

Sur ces mots, il alluma un cigare et attendit posément la réponse de la jeune fille.

— Mais vous êtes fou... fou à lier !

— Vous avez sans doute raison, acquiesça-t-il.

Ses yeux glissèrent sur le corps mince dont les formes

douces se dessinaient sous le maillot de bain humide. Ses cheveux mouillés lui caressaient les épaules et ses yeux gris semblaient démesurés dans le fin visage aux pommettes hautes.

— Réfléchissez avant de sortir de vos gonds. Pourquoi hésiter, puisque vous me haïssez et que vous avez l'esprit de sacrifice ? Ne ferions-nous pas un couple parfaitement assorti ? Imaginez votre vie avec moi… Ne préférez-vous pas la douceur des soies les plus fines et la chaleur des fourrures les plus douces à la rugosité frustrante du silice ?

— Arrêtez ! cria-t-elle, en s'écartant de lui. Cette lettre n'est pas une plaisanterie… On a tenté par d'affreuses calomnies de me faire passer pour ce que je ne suis pas.

— Qu'est-ce qui vous bouleverse le plus, s'enquit-il en plissant les yeux, le fait que l'on vous ait prise pour une femme capable de penchants naturels envers un homme ou l'insinuation perfide qui ternit votre image de marque ?

— Goujat ! lui lança-t-elle, hors d'elle. Mais ne devriez-vous pas être aussi révolté que moi ? Après tout, il s'agissait de nous deux ! Vous êtes un homme respecté à San Sabina, que je sache, et les commérages iront bon train si on apprenait que vous avez été vu sortant de ma chambre. On imaginera le pire… c'est humain.

— Oui, Dominique. C'est naturel de penser à cela lorsqu'un homme et une femme restent seuls dans une chambre. Dites-moi, vous sentiriez-vous mieux, si nous l'avions fait ?

— Oh !…

— Savez-vous, ajouta-t-il pensivement, que je n'ai jamais vu des yeux aussi grands que les vôtres ? Même les Italiennes n'en ont pas de si beaux. Si je m'approche trop de vous, je crains de me perdre dans leur immensité grise, étrange reflet d'un cœur qui se cherche.

— Oh ! je vous en conjure, dit-elle d'une voix brisée,

ne parlez pas de... de cette façon. Trouvons une solution. Pourriez-vous écrire à la Mère Supérieure en lui expliquant que vous étiez dans ma chambre parce que je... j'avais eu un accident et que vous étiez un peu inquiet à mon sujet ? Elle vous croira...

— Vous le souhaitez vraiment ?

— Quelle question !

— De préférence à ma proposition ?

— Votre proposition ?

— Oui... celle que je viens de vous soumettre.

— Oh ! mais vous vous moquiez de moi !

— Pas du tout...

Dominique l'observa, sans toutefois remarquer la lueur inquiétante qui dansait dans ses yeux.

— Ne soyez pas stupide, répliqua-t-elle en haussant les épaules. Rien n'est arrivé entre nous.

— Pas cette nuit-là, déclara-t-il en écrasant son cigare sur un rocher, mais, je vais y remédier. Que je sois damné si j'épargne une seconde de plus votre ridicule virginité... !

Avant qu'elle n'ait eu le temps de réagir, il la saisit dans ses bras et la serra contre lui avec fureur.

— Que... que faites-vous ? glapit-elle.

— Si vous ne le devinez pas, Dominique, c'est qu'on a négligé une partie de votre éducation.

— Arrêtez, je vous prie...

Il écarta la bretelle de son maillot et lui effleura l'épaule.

— Comme vous avez la peau douce, murmura-t-il. Il est grand temps qu'un homme s'en rende compte.

Dominique frissonna, puis elle ferma les yeux, succombant au trouble que provoquaient ses bras puissants autour d'elle. Elle ne savait plus si la caresse brûlante qui l'embrasait tout entière était celle de sa peau contre la sienne ou bien celle de ses mains sensuelles qui s'égaraient sur son corps.

— Mon Dieu, murmura-t-elle dans un souffle, non...
Ne soyez pas cruel... je vous en prie, laissez-moi.

— Vraiment ? chuchota-t-il. Vos yeux démentent ce
que disent vos lèvres. Je veux aller où ils m'entraînent et
explorer ce labyrinthe inconnu de tous, cette région de
flammes et d'amour...

— Ne dites pas des choses pareilles, supplia-t-elle,
affolée.

— Vous n'aimez pas les entendre ? soupira-t-il.

Son cœur battait à tout rompre. Elle ferma les yeux,
comme si le fait de ne pas le voir la délivrerait du plaisir
inconnu que le contact de sa peau lui procurait. Mais
l'obscurité intensifiait la sensation diabolique et... délicieuse.

— Vous vous conduisez comme un... un sauvage,
gémit-elle.

— Bien sûr, rétorqua-t-il, la bouche contre sa nuque.
N'espérez pas être traitée comme une « lady ». Maintenant, ordonna-t-il, embrassez-moi.

— Jamais !

Il la dominait du regard tout en la retenant captive.
La jeune fille haletait, s'acharnant dans cette lutte
inégale.

— Je vais arracher enfin cette carapace de vertu qui
cache tant de désirs refoulés, grommela-t-il d'une voix
rauque.

— Oh, je suis sûre que vous êtes très expert en la
matière... Dommage que vous n'ayez pas mis votre
talent au service de votre fiancée... Elle ne se serait pas
tournée vers votre frère !

Les mots cinglants fusèrent malgré elle et elle fut
submergée de honte d'avoir osé les prononcer. Craignant à juste titre des représailles, elle profita de sa
surprise pour s'écarter vivement de lui.

— Votre remarque manque de bienveillance, je vous
croyais plus charitable.

— Je suis désolée, dit-elle d'une voix blanche, mais je

n'ai jamais prétendu être un ange de douceur et je suppose que c'est de l'auto-défense. Quoi qu'il en soit, l'infirmière prude et sans grâce que je suis aimerait que vous la laissiez en paix.

— Par tous les diables... encore ces sornettes.

Cette fois, il était vraiment furieux. Il l'attira brutalement contre lui, l'obligea à le regarder et posa sur les siennes ses lèvres fermes, exigeantes et possessives. Trahie par un élan spontané, elle répondit à son baiser, tout en laissant ses doigts caresser le visage de Don Luigi. Leurs corps ne faisaient plus qu'un, un même feu les dévorait.

Elle ne sut jamais comment ils se trouvèrent tous deux allongés sur le sable, mais lorsqu'elle fut prisonnière sous le poids de Don Luigi, elle se crut perdue dans un monde où le temps s'abolissait, où tout pouvait arriver. Il chercha sa bouche à nouveau en murmurant des paroles incompréhensives. Lorsqu'il caressa son corps avec sensualité et détermination, elle crut défaillir de plaisir... et les derniers échos de sa raison s'envolèrent.

Ils étaient là, tous deux, soudés l'un à l'autre, lorsqu'une vague plus forte que les autres les submergea soudain, les laissant trempés et... refroidissant leur ardeur...

Don Luigi éclata alors d'un rire puissant.

— Sauvée par votre ange gardien, mon amour... juste à temps...

La marée montait rapidement. Il sauta sur ses pieds et souleva la jeune fille. Mais la fraîcheur de l'eau lui avait rendu ses esprits et elle lui échappa.

— Vous n'aviez pas le droit ! protesta-t-elle, indignée.

— Vous ai-je forcée à répondre à mes baisers, Dominique ?

— Soyez maudit !

Des larmes jaillissaient de ses yeux.

— Je ne voulais pas ce qui est arrivé, balbutia-t-elle. Cela est interdit à une fille comme moi...

— Vous me rendez fou, ma petite. Mais bon sang, débarrassez-vous une fois pour toute de ces idées. Vous n'avez rien à envier à votre sœur, croyez-moi !

— Elle... sanglota-t-elle... elle est jolie et attirante, pas moi. Cessez de vous jouer de moi, c'est si pénible d'être ridicule.

— Pensez-vous ce que vous dites ? lança-t-il avec colère. J'ai envie de briser votre joli cou pour me prêter de telles intentions !

— Allez-y, dit-elle en le défiant du regard, finissez ce que vous avez commencé. Après tout, n'avez-vous pas cherché à être vu lorsque vous êtes sorti de ma chambre, afin que la Mère Supérieure soit avertie de mon comportement honteux ? N'avez-vous pas manigancé, votre frère et vous-même de vous attacher la petite infirmière stupide pour qu'elle s'occupe de l'enfant, tout comme Sofia a été engagée pour vous épouser ?

— Comment osez-vous ? gronda-t-il en la secouant avec rage.

Ses yeux furibonds étincelaient. Ils étaient face à face, dressés l'un contre l'autre, s'invectivant mutuellement.

— Pour rien au monde je ne souhaiterais que vous preniez soin de la petite ! Mais n'êtes-vous pas surtout terriblement jalouse de votre sœur ? Est-ce le charme dévastateur de Tony qui vous perturbe ainsi ?

— C'est possible. Il n'a pas votre arrogance et je ne suis pas surprise que Sofia l'ai préféré à vous ! Ne lui prodiguait-il pas toute la tendresse qu'une femme est en droit d'espérer ?

— De la tendresse ? ricana-t-il, non, de la passion... le désir d'être possédée, voilà ce que veulent les femmes. Soyez honnête avec vous-même, Dominique et admettez qu'être allongée sur le sable avec moi est la chose la plus excitante qui vous soit jamais arrivée. Avez-vous pensé un seul instant à votre couvent quand vous gémissiez dans mes bras ? N'étiez-vous pas sur le point de vous donner à moi, poursuivit-il sans ménagement.

— Non ! nia-t-elle farouchement. Vous avez un avantage sur moi, vous êtes plus fort et je ne pouvais pas vous échapper.

— Cela, ma chérie, n'est qu'une partie de la vérité, railla-t-il. Je sais quand une femme est sur le point de s'abandonner.

— Je vous en prie, implora-t-elle d'une voix tremblante, maintenant que vous êtes parvenu à me prouver ma faiblesse, n'ajoutez pas à mon désarroi. Je n'ai jamais prétendu être un ange de vertu et ma seule certitude était que je n'intéressais pas les hommes. Je m'en étais fait une raison, c'est tout.

— Dominique...

Toute moquerie avait disparu de son visage. Il avait une étrange expression... Un regard triste, un peu perdu.

— Que pourrais-je dire ?

— Je pense que nous avons déjà trop parlé tous deux. Il est temps pour moi de boucler mes bagages et de quitter cette maison. Ma sœur est guérie. J'ignore encore ce qu'elle décidera au sujet de l'enfant mais il appartient à Tony de la convaincre. Je dois retourner à mon métier, c'est tout ce qu'il me reste.

Les mains de Don Luigi quittèrent ses épaules. Ils se séparèrent alors et, la mort dans l'âme, le cœur meurtri, la jeune fille ramassa ses affaires trempées et gagna les escaliers de la falaise.

Chaque marche lui parut un calvaire. Elle traversa lentement le jardin jusqu'à la maison, cette maison qu'elle ne reverrait jamais... ce jardin où l'air embaumait le citronnier, le réséda et l'eucalyptus...

Sa décision était prise, elle quitterait ce pays. Ce pays où la nuit, les bateaux de pêche revenaient au port, leurs fanaux se balançant sur la mer. Où l'on découvrait, çà et là, parmi les affleurements rocheux de la colline, des petites chapelles dédiées à la Vierge et à l'Enfant Jésus, creusées à même la roche. Où parfois, le vent transportait le chant d'un vigneron. Ce pays où le raisin était encore pressé dans une auge en pierre, par les pieds des paysans aux visages tannés, aux rires francs et clairs...

Avant de pénétrer dans sa chambre, Dominique s'immobilisa devant la psyché. D'une main tremblante, elle ajusta ses lunettes et s'observa longuement.

« Sache, ma petite que personne ne t'aime, s'admonesta-t-elle. Cesse donc de penser à Luigi Romanos. Ce qui vient d'arriver n'a aucune signification pour lui. Son attitude envers les femmes n'est que le reflet de la rancune qu'il nourrit encore à l'égard de Sofia. Souviens-t'en et rentre chez toi. »

Forte de sa détermination, elle revêtit sa blouse d'infirmière, serra ses longs cheveux en un strict chignon et, ayant ainsi retrouvé son aspect familier, se sentit un peu mieux.

Candice et Tony devaient être revenus de leur promenade. Elle se devait maintenant de les prévenir de sa décision.

Elle les trouva tous deux au salon... en compagnie d'une petite fille blonde, habillée d'une robe blanche. Interdite, Dominique s'arrêta sur le seuil, son regard allant de sa sœur, assise sur le canapé, à l'enfant, installée à ses côtés. Elle n'en croyait pas ses yeux.

— Entrez, Nicky et venez près de nous.

Tony se leva vivement de son fauteil et traversa la pièce à la rencontre de la jeune fille, souriant de sa surprise.

— Nous avons suivi le conseil de mon fère, poursuivit-il et sommes allés chercher Rosalie. Luigi m'a suggéré de tout expliquer moi-même à Candy et, une fois de plus, il a eu raison. Ma femme accepte que la petite vive près de nous. N'est-ce pas merveilleux ?

— Oh si ! s'exclama Dominique.

L'enfant était ravissante. Son regard de velours sombre contrastait avec l'or pâle de sa chevelure. Rien d'étonnant à ce que son père en soit fou !

Dominique s'avança rapidement vers sa sœur qu'elle embrassa avec tendresse.

— Bravo, ma chérie. Puis-je embrasser Rosalie ?

Les noires prunelles l'étudièrent avec gravité puis, deux gracieux bras ronds lui enlacèrent spontanément la taille. Un bref éclair de jalousie traversa le visage de Candice. Il n'échappa pas à Dominique qui s'en réjouit. C'était de bon augure, l'enfant ne manquerait pas d'amour.

Tandis qu'ils prenaient le thé, Dominique leur annonça d'un ton désinvolte sa décision de les quitter dès le lendemain.

— Nicky, tu ne peux pas partir, protesta Candice. Nous désirons tant te garder, Tony et moi.

— Mon métier m'y oblige, répondit simplement la jeune fille. J'étais ici pour te soigner, mais tu es guérie et je dois retourner à la vie que j'ai choisie.

— Tony ! lança-t-elle à l'adresse de son mari, essaye de persuader Nicky que sa place est ici... Qu'elle ne doit pas mettre son sinistre projet de prendre le voile à exécution !

— Voyons, ma chérie, si c'est le souhait de Nicky, nous n'avons pas le droit de l'en dissuader, observa-t-il d'un ton apaisant.

— Ma décision est prise, révéla soudain Dominique. Je... je n'entrerai pas dans les ordres.

Instinctivement et sans réflexion préalable, elle avait résolu de ne pas tenter de prouver son innocence auprès des religieuses de Saint-Anselme. Ce qu'elle venait de vivre sur la plage était à l'origine de cette détermination qui avait germé et évolué à son insu, au plus profond d'elle-même. Ne venait-on pas de lui démontrer qu'elle n'avait ni les qualités de soumission, ni l'esprit de sacrifice qui font les bonnes religieuses, mais un tempérament passionné qui, aujourd'hui, lui avait fait désirer avec chaque fibre de son corps de se donner à Don Luigi ? Elle n'avait pas le droit d'enterrer cet amour entre les murs froids d'un couvent. Elle vivrait avec son souvenir.

— Voilà au moins une bonne nouvelle ! s'exclama Tony. Vous n'êtes pas faite pour cette vie de recluse… Vous êtes vraiment trop vivante, Nicky !

Dominique sourit et sauta sur ses pieds.

— Je cours à ma chambre, il est grand temps que je fasse mes bagages. Je suis si heureuse de la tournure des événements. Que Dieu vous bénisse tous les trois, murmura-t-elle d'une voix brisée par l'émotion.

Elle s'enfuit. De grosses larmes, trop longtemps refoulées, jaillissaient de ses yeux et l'aveuglaient. Elle enleva ses lunettes afin d'en effacer la buée. Demain arriverait vite. Plus tôt elle quitterait cette maison, mieux ce serait pour elle. Elle demanderait un poste en hôpital et, le travail aidant, s'efforcerait de retrouver une certaine sérénité. Mais au plus profond de son cœur, elle garderait l'image du seul homme qu'elle avait aimé…

Un léger sourire de résignation flottant sur ses lèvres, Dominique gravit lentement les escaliers. Mais, à l'instant précis où elle atteignait le palier qui menait à sa chambre, une forme sombre émergea de l'ombre. L'attaque fut brutale et soudaine et la jeune fille, déséquilibrée, chancela.

— Enfin ! grinça une voix haineuse, je vais vous tordre le cou… !

Dominique reçut alors une gifle magistrale qui fit voler ses lunettes. Des doigts nerveux lui attrapèrent cruellement les cheveux, tandis qu'une pointe de chaussure lui martelait les tibias. Avant qu'elle n'ait eu le temps de comprendre ce qui lui arrivait, Dominique se trouva aux prises avec… Malina. Son cœur battait la chamade et la stupeur paralysait ses appels à l'aide.

Cette femme était folle. Ses yeux étincelaient de rage, elle vociférait des injures et la fureur décuplait ses forces. De sa main libre, aux ongles longs, la tigresse lacéra sans pitié la joue de sa victime, l'obligeant à reculer jusqu'au bord de l'escalier. Elle s'efforçait de la faire basculer le long du marbre glissant.

S'agrippant à la rampe, Dominique tenta de résister aux assauts forcenés de Malina. « Sainte Mère de Dieu, pria-t-elle, aidez-moi… ! Luigi, Luigi… sauvez-moi… ! »

— Maudite infirmière !

Malina rassembla toutes ses forces pour assener un dernier coup qui devait catapulter la jeune fille le long de l'escalier, mais, d'un geste désespéré, celle-ci parvint à esquiver l'attaque et, l'assaillante, emportée par son élan, perdit l'équilibre et, poussant un cri de terreur et de rage, dévala la tête la première la volée de marches. Un silence pesant suivit le bruit sourd de la chute et le corps de la femme s'immobilisa un peu plus bas.

Épuisée et tremblante, Dominique s'écroula sur le sol, le souffle court et le cœur battant à tout rompre. Un bruit de voix retentit dans le hall, les lumières s'allumèrent, puis quelqu'un grimpa quatre à quatre et deux bras la saisirent avec une telle douceur, qu'elle crut défaillir.

— Ma chérie… mon amour… dites-moi que tout va bien !

L'étreinte se resserrait tandis que les lèvres de Don Luigi lui caressaient le visage. Il recula et gémit en découvrant les traces de coups sur les joues de la jeune fille.

— Ma pauvre petite fille, dans quel état êtes-vous ?

Il y avait tant d'inquiétude dans le regard et la voix rauque !

— Ma chérie… ma petite chérie, qu'est-il arrivé ? murmura-t-il, la bouche contre sa tempe.

— Malina… souffla-t-elle. Elle a tenté de me tuer !

— Mon Dieu, j'aurais dû m'en douter. C'est elle qui

a envoyé ces fameuses lettres, n'est-ce pas? Je la trouvais bizarre ces derniers temps, mais je pensais qu'il s'agissait d'une dépression passagère... Elle a sauvé la vie de Tony, mais à présent son comportement ignoble nous dégage de toute obligation envers elle. La police va venir, ma chérie. Vous sentez-vous capable de répondre à leurs questions?

— Oui... oui, je pense.

— Un cognac vous fera le plus grand bien!

Il souleva Dominique et l'emporta avec précaution dans le salon de son appartement. Avec une infinie tendresse, il installa la jeune fille sur un confortable canapé et glissa un coussin sous sa tête.

Doucement, il écarta les mèches rebelles qui cachaient le visage aux yeux clos de Dominique.

— Mon pauvre amour... d'abord ce coup de poing maladroit, puis les attaques de cette horrible femme.

— Oh! fit-elle en esquissant un pauvre sourire, ma beauté aurait-elle subi quelques dommages?

Prenant délicatement le petit menton volontaire entre ses doigts, il l'observa, les sourcils froncés.

— Tout à l'heure, sur la plage, vous pensiez que je m'amusais de vous, n'est-ce pas? Mais ce n'était pas un jeu, Dominique. Je vous désire, n'en doutez pas. J'ai désespérément besoin de vous. Jamais auparavant, je n'ai dit de telles choses à une femme.

— Mais Sofia...? murmura-t-elle d'un air malheureux. N'est-ce pas parce que je suis différente d'elle que je vous intéresse un peu?

— Absolument pas!

Il se pencha vers elle et lui baisa les lèvres avec émotion.

— Si j'éprouve quelques sentiments de culpabilité à son égard, poursuivit-il gravement, c'est que je n'ai jamais souhaité ce mariage. J'ai voulu honorer la parole de mes parents mais la pauvre fille n'ignorait pas que je la trouvais puérile et ennuyeuse. Or, je ne me lasse pas

154

de vous, mon amour... Sauf quand vous parlez d'entrer dans les ordres. Ce qui est impossible, sinon le destin ne vous aurait pas menée jusqu'à moi. Je vous en conjure, Dominique, acceptez de partager ma vie.

— Mon Dieu, soupira-t-elle, est-ce vrai ?

— Je dis toujours ce que je pense, petite fille.

— Luigi, fit-elle d'une petite voix, je croyais que personne ne m'aimerait jamais.

— Les jeunes gens prétentieux et aveugles, peut-être, mais moi, je connais les richesses cachées de votre corps et de votre âme, Dominique... Je les exige pour moi tout seul... offrez-les-moi.

Un sourire de gratitude illumina le visage de la jeune fille.

— J'allais préparer mes bagages... je me proposais de partir demain matin, hésita-t-elle encore.

— Je vous enfermerai dans votre chambre... non, pardon, dans la mienne.

Plongeant son regard dans celui de la jeune fille, il s'assit à ses côtés et l'attira tendrement contre lui.

— Permettez-moi de vous embrasser, mon amour, avant que nous ne soyons obligés d'affronter le monde. Je chéris tout en vous. Je vous en conjure, dites-moi que vous me croyez.

— Je le désire de toute mon âme.

— Ne devrais-je pas tenter de vous en persuader ?

— De quelle façon ?

Pour toute réponse, il effleura les grands yeux gris de ses lèvres, l'obligeant à les fermer. Puis, sa main glissa sous la nuque de Dominique et sa bouche se posa sur celle frémissante de la jeune fille. Elle entoura de ses bras le cou de Luigi et se blottit contre lui comme un jeune chat, la tête au creux de son épaule, le nez contre sa peau.

Il caressa doucement les cheveux blonds.

— Ma chérie... je ne vous quitterai jamais, murmura-t-il à son oreille.

LES POISSONS

(19 février-20 mars)

Signe d'Eau dominé par Neptune : Chance.

Pierre : Aigue marine.
Métal : Cobalt.
Mot clé : Bonté.

Caractéristique : Dévouement.

Qualités : Générosité, gentillesse, don de deviner les secrets d'autrui, les petites choses que l'on n'aime dévoiler...

Il lui dira : « Vous et moi, pour toujours. »

POISSONS

19 février - 20 mars

Comment ne pas reconnaître une native du Poissons en Dominique ?

Tourmentée par son penchant à la dévotion et d'une réceptivité extrême, elle est sensible aux moindres tressaillements : avec elle une remise en question radicale peut avoir lieu du jour au lendemain. Toujours tiraillée entre deux pôles, cette femme incertaine ne s'engage pas à la légère. Choix équivaut à engagement définitif.

Harlequin.
Plus qu'un roman d'amour

Harlequin vous offre 4 grandes collections pour combler tous vos désirs

COLLECTION HARLEQUIN...mystérieuse et captivante
6 livres par mois.

HARLEQUIN ROMANTIQUE...tendre et envoûtante
6 livres par mois.

HARLEQUIN NOUVEL ESPOIR...intense et palpitante
4 livres par mois.

HARLEQUIN SÉDUCTION...sensuelle et grisante
2 livres par mois.

Harlequin Romantique

A Bangkok, en Amazonie, à Paris, en Espagne, à Milan ou en Turquie, vous vivez des histoires d'amour tendres et envoûtantes qui vous entraînent dans des pays de rêve.

Six nouveaux titres chaque mois
Chez votre dépositaire ou par abonnement

 Harlequin:
Votre passeport pour le monde de l'amour.

ROM-GF